응급실의 크리스마스

응급실의 크리스마스

애덤 케이 지음
우진하 옮김

Twas the
Nightshift
Before
Christmas

문학사상

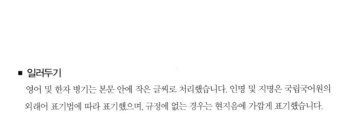

■ **일러두기**

영어 및 한자 병기는 본문 안에 작은 글씨로 처리했습니다. 인명 및 지명은 국립국어원의
외래어 표기법에 따라 표기했으며, 규정에 없는 경우는 현지음에 가깝게 표기했습니다.

부모님께 이 책을 바칩니다.

(하지만 솔직히 우리 부모님이 정말로
이 책을 읽게 되는 건 바라지 않는다.
그래야 부모 자식 관계가 계속 이어질 수 있을 테니.)

+3+3+3+3+❋+3+3+3+3+3+

출판사 관계자들은 이 책 때문에 자신들은 물론

나 역시 법정에 서게 되는 일이

일어나지 않기를 간절히 바라고 있다.

그런 그들의 바람을 채워주기 위해 이 책에 등장하는

이름, 날짜, 개인 정보 및 임상 정보 등을

모두 가명으로 처리했음을 밝혀둔다.

지난번 책에서는 무슨 이유에서인지

《해리 포터Harry Potter》에서 비중이 작은 캐릭터들의 이름을

가명으로 사용했는데, 이번에는《해리 포터》의 도움은 받지 않기로 했다.

그 대신 이번에는《나 홀로 집에Home Alone》의 도움을 받았다.

차례

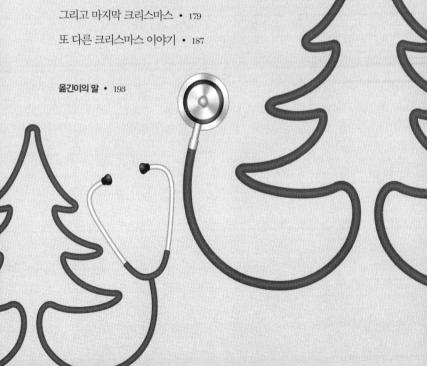

크리스마스라고 하면, 어디를 가든 반짝이는 장식으로 뒤덮인 크리스마스트리가 보이는…… 그러니까 좋든 싫든 모든 것들이 잠시 다 중단이 되는 연휴 기간이다. 또한 일상적인 생활들이 환희와 쾌락으로 잠시 대체되는 일시적인 지구 종말의 시기이기도 하다. 그런데 이 끝없이 이어질 것만 같은 일주일 남짓한 기간 동안 우리 일상의 지루한 삶은 완전히 사라진다. 그리고 그 자리는 기이하면서도 강제적인 의식들이 대신 채우게 된다.

그 의식들이라 함은, 크리스마스를 제외한 기간 동안은 애써 피하고 싶은 빌어먹을 이름뿐인 가족들과의 보드 게임이나, 서로 무슨 경쟁이라도 하듯 오직 고기며 치즈 따위를 먹어치우는 일에만 급급한 식사 자리 등을 의미한다. 또

한 가까운 친척이랍시고 잠시 얼굴만 비추는 인간들과의 짜증나는 순간들을 견뎌내기 위해 술을 자주 찾게 된다는 것을 뜻한다. 하지만 그렇다고 거기에 너무 빠져들었다가는 험한 꼴을 당하게 된다.

크리스마스는 분명 현실적인 삶의 일부이지만 참으로 기이하다. 모두들 억지로 즐거운 척을 해야 하는데, 거기에는 가식과 배 속의 부대낌은 물론 억지웃음과 끝없는 인내심이 뒤범벅돼 있다. 일이 이지경이 된 건 다름 아닌 그 작은 아기 예수 때문이다. 아기 예수의 탄생 덕분에 적어도 우리 대부분은 일주일 남짓한 기간 동안 일을 하지 않는 대신 이런 상황들을 감내할 수밖에 없게 되고 말았다.

그런데 영국 국민 건강 지킴이의 최전선에 서 있는 NHSNational Health Service, 영국 공공 의료 기관의 경우, 아쉽게도 이런 아기 예수 그리스도의 탄생을 기뻐하는 떠들썩한 축하연에 매년 초대받지 못하고 있다. 전 세계 의료진들에게 크리스마스는 그저 평범한 일상의 다른 날과 다를 바가 없다는 것이다.

1년에 단 한 번뿐이지만, 바로 그 한 번뿐이라는 빌어먹을 이유 때문에 병원에서는 크리스마스 연휴 기간 동안 도무지 감당하기 힘든 일들이 벌어지곤 한다. 하필 이럴 때 독

감과 폐렴 환자들이 늘어나 호흡기내과가 북새통을 이루고, 노로바이러스와 식중독 환자들 역시 이맘때면 빠지지 않고 깜짝 등장해 담당 의사들의 뒷목을 잡게 한다. 내분비과에서는 아무거나 가리지 않고 집어 삼키다가 혼절한 당뇨병 환자들을 살려내야 하며, 얼음판 위에서 위태롭게 비틀거리다가 엉덩이뼈가 과자 부스러기처럼 박살이 난 어르신들 때문에 정형외과가 신음하는 것도 바로 이 무렵이다.

응급실은 그야말로 택배 회사나 음식 배달 업체보다도 더 바쁘다. 멍하니 있다가 샴페인을 터트릴 때 튀어버린 뚜껑에 눈을 얻어맞은 사람, 음식을 차려내다가 살을 데인 사람, 선물을 받고 신나게 방방 뛰다가 넘어져 뒤통수가 깨진 아이들이 줄지어 찾아오기 때문이다. 크리스마스트리 전구를 장식한답시고 설치다가 감전된 사람, 칠면조 뼈가 목구멍에 걸린 사람, 음식을 차린답시고 칼질을 하다가 손가락이 날아간 사람도 빠지지 않는다. 음주 운전으로 인한 사상자들의 숫자가 폭발적으로 늘어나는 건 말할 필요도 없다.

오랜만에 가족들이 모인 자리건만 결국 거기에도 한계라는 것이 있는 모양인지, 역시 가정에서도 사건은 끊이지 않는다. 가족끼리 치고받는 일은 보통 텔레비전에서 여왕 폐하의 크리스마스 인사와 심야 특별 방송이 나오는 사이 일어나는데, 크리스마스 연휴라는 특별한 마법의 영향으로 영국 전역의 가정에서는 자기 분을 못 이긴 온갖 폭력 사태가 난무한다. 아직 설거지도 채 끝나지 않은 부엌칼이 어느새 가장 가까이 있는 인종차별주의자 친척을 향해 날아가는 것이다.

나는 의사 생활을 하는 동안 대부분의 시간을 산부인과에서 보냈다. 실제로 출산이 임박한 산모들에게는 진통이 시작되면 집에서 잠시 시간을 갖고 '상황이 어떻게 진행되는지' 지켜보고 생각할 여유 같은 건 거의 없다. 그러니 산부인과 의사들 역시 크리스마스라고 해서 한잔 술에 취해 잠시 여유를 누릴 시간이 거의 없다. 오히려 더 긴장을 해야 하고 호출이 있으면 언제라도 병원으로 달려올 준비가 돼 있어야 한다.

이 무렵이면 또한 가슴이 아픈 일들도 벌어진다. 서민이나 중산층 가정에서 주로 일어나는데, 집에 모시고 살던 나이 든 어르신이나 몸이 불편한 가족을 온갖 애매모호한 이유들을 들이대며 병원에 며칠간 떠넘기는 것이다. 그렇게 해야 아무런 신경을 쓰지 않고 크리스마스 연휴를 자기들 마음대로 즐길 수 있기 때문이다.

사방에서 쏟아지는 광고며 자기 자랑이 넘쳐나는 SNS,

그리고 모든 사람이 당연히 멋진 크리스마스 연휴를 보내고 있을 것이라고 단정 짓는 유명한 유행가 때문일까. 이 무렵 병원에 입원해 있는 환자들은 1년 중 어느 때보다도 더 힘든 시간을 보내게 된다. 그리고 지원과 자금이 형편없이 부족한 병원의 정신과 상담 시설이라도 꼭 이용하고 싶어 한다. 사랑하는 사람을 잃어도 좋을 만한 시기가 어디 있을까마는, 특히나 크리스마스처럼 전 세계가 잔뜩 들떠 있는 축제의 시기에 겪는 아픔은 훨씬 더 고통스럽다.

매년 겨울철이 되면 건강이나 사고 문제가 더욱 부각되게 마련인데, 이 크리스마스 연휴 기간만큼은 언론도 잠시 눈을 다른 곳으로 돌린다. 사람들의 기분을 망치고 싶지 않은 것이다. 대신 언론을 장식하는 건 걸음마를 시작한 귀여운 북극곰이나 화려한 옷을 걸치고 처음 교회를 찾는 왕실의 어린 아기들 같은, 보기만 해도 웃음이 절로 나오는 사진이나 기사 들이다. 그렇지만 그렇게 시선을 다른 곳으로 돌린다고 해서 진실이 가려지지는 않는다. 병원은 여전히 환자들로 가득 차 있으며, 응급실로 향하는 구급차들의 행렬은 택배나 배달 차량 못지않게 그 끝이 보이지 않는다. 그리고 병원 직원들 역시 자신들의 휴가를 반납한 채 일에 매달리고 있다. 병원에는 군대와는 달리 예비 인력도 전혀 없으며 잠시 직원들에게 휴식을 줄 만한 대체 인력도 존재하지 않는다. NHS 소속 140만 명의 인력들은 자기들끼리 순서를 정해 새해를 맞이하기까지 적어도 각자 하루 정도는 쉴 수 있도록 억지로 근무시간표를 짤 수밖에 없다.

나는 의사가 돼 일곱 번의 크리스마스를 보내는 동안 여섯 번을 병원에서 지냈다. 상황이 그렇게 흘러 더 이상 견디기 힘든 지경에 이르게 되기까지 물론 몇 가지 이유는 있었다. 먼저, 주변 사람들은 모두 다 나를 유대인이라고 생각하고 있었다. 그렇기 때문에 유대인과는 거의 관련이 없는 크리스마스에 당직 근무를 선다고 해도 아무 상관없을 거라고 여겼다. 나를 유대인이라고 생각하는 사람들에게 변명을 좀 하자면, 나는 사실 유대인이었다. 그리고 지금도 유대인인 건 맞는데, 유대인 중에서도 크리스마스를 지키면서 유대교의 전통 예배당인 시너고그Synagogue에는 가지 않는 그런 계파였다. 솔직히 말하면 지금 이 글을 쓰면서도 '시너고그'라는 말이 생각이 안 나서 인터넷으로 찾아볼 정도다. 음, 그리고 나는 신을 믿지 않으며, 좀 더 양심적인 의사들 중에는 그런 사람들이 많다. 어쨌거나 내 동료들 입장에서 볼 때, 나는 이 기간 동안 편안한 하루의 휴식 정도는 기꺼이 포기해도 괜찮을 만큼의 확실한 유대인이었다. (그런데 크리스마스에는 유대인이라고 내게 당직을 맡겼으면서도 유대인의 안식일인 토요일에 나를 근무에서 빼줄 만큼의 너그러움이나 여유는 없었던 것 같다. 이런 종교적 박해에 대해서는 다음 기회에 이야기하도록 하겠다.)

두 번째 이유는, 나는 유대인일 뿐더러 그때나 지금이나 자녀가 없었다. 크리스마스는 아이들을 위한 날이고, 아직 어린 자녀가 있는 의료진들은 이럴 때 제일 먼저 우대를 받아 필요한 날에 쉴 수가 있었다. 나는 그런 동료들을 시기하지는 않았다. 다만 어디 가서 아이들을 빌려와 가짜 가정이라도 꾸려볼까 하는 생각을 잠시 했었을 뿐이다. 남들과 같은 날에 쉬면서 따뜻한 음식을 먹어보겠다고 진짜 부모가 된다는 건 아무리 생각해도 아닌 것 같았다. 극단적일 정도로 비용이 많이 들고 신경이 곤두서며, 또 비효율적인 방법인 것이다. 게다가 아이들에게 무슨 보답을 받는 것도 아니니 말이다.

수련의 신분에서는 여러 병원을 돌아다니며 근무를 해야 한다. 그렇게 매년 크리스마스마다 각기 다른 병원에서 근무하면서 작년 크리스마스에도 당직 근무를 섰다는 변명이나 불평이 새로 근무하는 병원에서는 통할 수 없다는 것도 이유라면 이유가 될 것이다. 그건 마치 동료들과 술을 마실 때 일주일 전에는 내가 마지막 3차를 샀으니 오늘 1차 술값은 내가 못 내겠다고 버티는 것과 비슷하다고나 할까? 물론 일주일 전 술자리와 지금 술자리에 함께한 친구들은 서로 전혀 상관이 없는 친구들이다. 게다가 술집도 서로 100킬로미터나 떨어져 있다.

물론 내가 당직 근무표를 짜는 입장이었다면 좀 더 내 자신에게 상황을 유리하게 만들 수도 있었을지도 모르겠다. 근무표 작성 담당자들은 언제나 이상하리만치 자기에게 유리하게 근무표를 짜곤 하니까. 그렇지만 색색으로 칠해진 표를 들여다보는 건 절대로 내 취향이 아니었다. 게다가 그런 복잡한 업무를 자진해서 떠맡음으로써 누릴 수 있는 특권도 나에게는 그리 대단해 보이지 않았다. 나는 그나마 남아 있는 자유 시간을 근무표에 불만을 품은 동료들의 분노나, 자꾸 오류 표시가 뜨는 컴퓨터와 씨름하느니 내 동거인과 함께 보내기로 결정했다. 게다가 운 좋게 크리스마스 당일 근무를 피할 수 있게 된다고 해도 줄줄이 이어지는 야간 당직 근무며 새해 1월 1일 근무까지 피해갈 수 있는 확률은 거의 없다. 병원들은 크리스마스 연휴 기간 동안 안전한 진료를 제공할 수 있을 정도 수준에서 최소한의 의료진만을 배치하려고 애쓴다. 하지만 애초에 일상적인 날, 그러니까 아무런 돌발적 문제가 일어나지 않을 때도 최소 인력으로 근무표를 짜다 보니 그게 그거가 된다. 크리스마스 때나 일상적일 때나 별 차이가 없다는 말이다.

결국 모두들 꾸역꾸역 자기 근무를 채워야 하고 누구도 거기에서 벗어날 수는 없다. 물론 카리브해 연안의 어느 휴양지에서 재벌이나 국회의원과 나란히 앉아 보드카를 홀짝일 정도의 재력이 있는 수련의라면 예외가 되겠지만.

그러니 지금부터 소개할 나의 일기 혹은 일지는 매년 크리스마스 때마다 이 병원 저 병원을 전전하며 신생아들을 받아내고 환자들을 돌보던 시절에 관한 것들이다.[*]

---

[*] 내 첫 번째 책에서 제대로 싣지 않았던 내용들의 경우, 보통은 '지나치게 나쁜 면만 그린다' 혹은 '지나치게 좋은 면만 그린다'라는 이유가 가장 컸었다. 하지만 이번에는 모든 걸 솔직담백하게 말해볼 생각이다. 그렇게 하는 게 나쁘지만은 않다고 생각하는 건, 적어도 가족들에게 내가 그동안 왜 그렇게 바빴는지에 대한 변명거리가 돼주기 때문이다.

첫 번째 크리스마스

크리스마스 당일, 나는 비뇨기과 업무를 담당하고 있었다.

다시 말해, 도대체 무슨 짓거리를 한 건지 알 수 없는

낯선 사람들의 성기 끄트머리를

크리스마스 내내 쉬지 않고 주무르고 있었다는 말이다.

TWAS THE NIGHTSHIFT BEFORE CHRISTMAS

2004년 12월 20일 월요일 ____ 어떤 사람의 부인

이 무렵이면 환자들도 보통은 꽤 많은 숫자의 크리스마스 카드를 받게 된다. 대부분 크리스마스를 축하하며 빨리 몸이 낫기를 바란다는 등의 인사말이 적혀 있다.

입원 환자인 CG는 장 절제 수술을 마치고 회복 중이다. 그리고 그가 차지하고 있는 입원실은 어딘지 모르게 사이 안 좋은 부부가 살고 있는 침실처럼 보인다.

병동을 돌아보고 있을 때 레지스트라 클리프가 대수롭지 않은 이야기라도 전하려는 듯한 표정으로 얼굴을 가까이 가져왔다. 그리고 내가 미처 몸을 숙여 귀를 기울이기도 전에 이렇게 속삭였다. "어떤 사람 부인이 방금 세상을 떠났다는군……."

---

* 다음은 영국 병원의 의사 등급을 1861년 이사벨라 비튼이 펴낸《집안 관리 백서Book of Household》에 등장하는 고용인들의 등급에 맞춰 내가 정리해본 것이다.
 • 인턴House Officer: 주방의 보조 하녀 / 마구간 보조 하인
 • 시니어 인턴Senior House Officer: 일반 하녀 / 하인
 • 레지스트라Registrar: 주인 전담 하녀 / 주인 전담 하인
 • 시니어 레지스트라Senior Registrar: 하녀장 / 집사
 • 컨설턴트Consultant: 집안의 남녀 주인
이 당시 나는 아직 인턴이었는데, 이사벨라 비튼의 정의에 따르면 하인이나 하녀 중에서도 아직 수습을 벗어나지 못한 이들은 보조 처지로 집안에서도 온갖 귀찮은 일을 도맡아 해야 했다. 그야말로 기이할 정도로 인턴에 대한 설명과 딱 들어맞지 않는가. 당시 이런 어린 하녀나 하인이 받는 봉급이 1년에 5파운드에서 12파운드 정도였다고 하니, 심지어 봉급 역시도 지금의 인턴의 그것과 별반 차이가 없었다고 볼 수 있다.

2004년 12월 22일 수요일 ___ 황당한 이야기

　의사로서 자신들이 겪었던 최고 수준의 황당한 이야기를 서로 한번 나눠보기로 했다. 나는 기꺼이 내가 직접 겪었던 일화를 먼저 소개했다. 스무 살 먹은 젊은 친구 한 사람이 크리스마스 파티를 축하하기 위해 반쯤 정신 나간 듯한 옷차림으로 차려입었다가 응급실에 실려 온 적이 있었다. 당시로서는 기발하고 재미있는 생각이었는지 모르지만 상식이 제대로 박힌 사람이라면 절대로 그런 짓은 하지 않았으리라. 이 남자는 양팔과 양다리, 그리고 몸통과 머리까지 온몸을 쿠킹 포일로 둘러쌌다. 그것도 몇 겹이나. 그러고는 눈과 입 주변에 구멍을 뚫고는 크리스마스 전통 음식인 칠면조 구이인 척하고 드러누워 있었다. 그렇게 몇 시간이 흘러 그는 오래된 빵조각처럼 바짝 말라붙어 탈수증으로 기절을 했다. 결국 응급실에 실려 온 그에게 병원에서는 정맥 주사를 통해 수분을 보충해줄 수밖에 없었다.

　정말 기가 막힌 일이 아닌가. 크리스마스 파티라고 해서 그렇게 유난을 떠는 사람이 누가 있단 말인가. 뭘 하든 결국에는 제대로 옷을 차려입었거나 그렇지 못했거나, 둘 중 하나가 될 뿐인데. 다른 사람들이 그저 도깨비 뿔을 달거나 아니면 마분지로 된 찰스 황태자 가면을 뒤집어쓰고 나올 동안, 아침부터 유난을 떨며 연극용 의상을 전문적으로 빌려주는 곳을 찾아가 200파운드라는 거금을 쓴다고 해도 별반 달라질 것은 없다. 그건 그렇고 도대체 스파이더맨의 쫄쫄이 의상 같은 걸 차려입은 사람들은 오줌이나 똥이 마려울 때는 어떻게 해결하려는 걸까?

내 기대와는 달리 이 인간 칠면조 이야기를 듣고 특별히 재미있어 하는 사람은 아무도 없었다. 의사들이란 보통 아주 분위기가 좋을 때도 상대하기 힘든 인간들이며, 멍청한 환자에 대한 이야기는 어딘지 모르게 항생제와 같아서 너무 남용될수록 약발이 떨어지는 법이다.

시니어 인턴 프랭크는 내 기운을 북돋워주려는 듯 이렇게 말했다. "설마 진짜 칠면조처럼 그 사람도 2킬로그램쯤 뭔가 배 속에 채워 넣고 있었던 건 아니지?" 천만에 그럴 리가 있나.

프랭크는 내 경우와 비슷한, 작년에 봤던 어느 환자에 대한 이야기를 꺼냈다. 그 환자 역시 전기 공사용 강력 테이프로 온몸을 꽁꽁 둘러쌌다. "그렇지만 무슨 파티 때문에 그런 건 아니었고……" 프랭크가 이렇게 덧붙였다.

그러면 왜 그런 짓을 한 거냐고 물어보려다가 문득 대부분의 사람들이 어떤 일을 할 때는 대개 비슷한 이유 때문이라는 사실이 떠올랐다. 그러니 질문에 대한 대답을 들을 것도 없이 그 해답을 찾아낼 수 있었다. 나 역시 스무 살 무렵에 뭔가 재미있는 일을 해보고 싶었다. 미라가 한번 돼보고 싶었던 것이다.

지금으로부터 3천 년 전, 이집트의 파라오와 그 친구들이 처음 시작한 이래 미라 만드는 법은 그리 크게 달라지지 않았다. 다만 요즘에는 사람들이 숨을 쉬기 위해 얼굴 부분에 구멍을 두어 개쯤 뚫어놓는데, 전혀 반대되는 부분에 좀 더 큰 제3의 구멍을 뚫어놓기도 한다. 하지만 병원에 실려 온 환자가 깨달은 것처럼 전기 공사용 테이프는 미라 제조 작업에 적당한 재료가 아니었다. '응급 상황', 그러니까 결국 테이프를 떼어내야만 하는 상황이 되면, 피부 각질뿐만 아니라 온몸의 터럭들까지 한 올도 남김없이 아주 깨끗하게 떨어져 나간다. 아, 물론 저절로 포경 수술이 되는 효과도 볼 수 있다.

2004년 12월 25일 토요일 ___ 나쁜 소식 전달하기

드디어 그날이 왔다.

"메리 크리스마스! 모두들 크리스마스를 즐겁게 보내세요. 병원이 아닌 어딘가 다른 곳에서 말입니다."

나는 병원에서 보내는 첫 번째 12월 25일을 텔레비전에 등장하는 마음 좋은 의사 선생님처럼 빙글거리며 이리저리 돌아다니고 있었다. 하지만 환자나 동료 의사가 내게 해피 크리스마스라고 인사를 건넬 때마다 그런 가식적인 웃음을 계속 유지하기가 어려웠다.

나는 내가 누리지 못하는 것들에 대해 잊어버리려고 애를 쓰며, 그저 오늘도 평범한 날이라고 생각하려고 했다. 그렇지만 몇 분 간격으로 계속해서 자꾸 오늘이 무슨 날인지가 떠올랐다. 어디를 가든 크리스마스를 축하하는 장식이 붙어 있었다. 하지만 물론 그 장식들은 베들레헴에서 이 요란스럽고 새로운 축제의 날이 시작된 이래, 매년 계속 똑같은 상자에서 똑같은 것들을 꺼내와 붙여놓은 것처럼 보였다. 주머니 속 휴대전화는 이 계절에 어울리는 따뜻한 문자메시지의 도착을 쉬지 않고 진동으로 알려왔다. 마치 무슨 고장 난 여성용 자위 기구라도 들어 있는 것 같았다.

산타클로스는 길고 고된 크리스마스 전야를 보내고 쉴 수 있겠지만, 그의 친구쯤 되는 죽음의 신에게는 휴식이란 존재하지 않는다. 그리고 나 역시 제대로 쉬지 못하고 불안해하는 어느 가족과 진료실 옆 어느 작은 방 안에 앉아 있다. 누군가의 어머니이자 할머니에 대한 이야기를 나누기 위해서다. 가족들은 내가 채 입을 열기도 전에 무슨 말이 나올 것인지 이미 다 알고 있었다. 하긴 이런 크리스마스에 무슨 복권 당첨 소식이라도 알리려고 가족들 전부를 급히 병원으로 불러내 불편한 의자 위에 앉히는 의사는 이 세상 어디에도 존재하지 않을 테니까.

가족들의 할머니는 혈류血流 안에 기준치의 수십억 배를 초과할 정도로 대장균 박테리아가 늘어나 있는 상태였고, 이제 남은 방법은 단 한 가지뿐이었다. 그리고 마지막 극적인 반전을 바라고 있는 가족들은 그 방법을 결코 받아들이지 못할 것 같았다.

"뭔가 해볼 수 있는 다른 방법이 더 있지 않겠습니까?" 아들이 고통스러운 표정으로 매달렸다. 하지만 정말로 그런 방법이 있다면 이런 자리를 피하기 위해서라도 이미 시도해봤을 것이다. 나쁜 소식을 심드렁하게 받아들일 수 있는 사람은 아무도 없지만 그건 전달하는 입장에서도 마찬가지다. 얼굴이 슬픔으로 굳어지고 저절로 이를 악물게 된다. 눈동자는 이미 초점을 잃었다. 꽉 움켜쥔 두 손의 관절은 피부 밖으로 튀어나올 것처럼 긴장해 있다. 누군가는 흐느끼고 누군가는 비명을 내지를 것이며, 또 누군가는 내가 만들어 낸 공포의 심연을 텅 빈 눈동자로 그저 바라보기만 할 것이다. 한두 번 있는 일이 아니다.

내가 가진 침착성과 전문성을 총동원해 설명을 계속했다. "환자분께서는 지금까지 잘 버텨오셨지만 이미 내장 기관들이 다 죽어가고 있으며, 우리가 처방한 여러 항생제에도 불구하고 빠르게 상태가 악화되고 있습니다." 가족들이 내 말을 어느 정도 이해한 것 같아서 나는 다시 "우리는 이미 중환자 전문 집중 치료실의 의사들에게 환자의 상태 점검을 의뢰했습니다. 그들은 더 이상의 치료는 불필요하며 결국에는 어떤 성과도 거두지 못할 것이라는 의견에 동의했습니다"라는 사실을 알려줬다.

그렇게 말하는 동안 내 몸짓을 통해 뭔가 진심 같은 것이 전해지기를 바라며, 나는 우리가 할 수 있는 일이라고는 환자분을 편하게 보내드리는 것과 인간으로서의 존엄성을 지켜드리는 것뿐이라고 애써 전심을 다해 이야기했다. 그러면서 나는 나도 모르게 넥타이를 움켜쥐었다.

이 계절에 맞게 색상과 모양을 디자인한 넥타이였다. 겨울 밤하늘 같은 아주 짙은 푸른색에 매듭 근처에는 친근한 모습의 늙은 산타클로스가 썰매 위에 앉아 있는 모습이 보였다. 그 밑으로는 제일 앞에서 우쭐대며 썰매를 끌고 있는 루돌프와 그 뒤의 프랜서, 댄서 같은 동료 순록들이 자리 잡고 있었다. 그리고 결정적으로 그 루돌프의 빨간 코 아래에는 스피커 역할을 함께하는 작은 단추가 하나 달려 있었는데, 그때 그만 내가 팔꿈치로 그 단추를 눌러버렸다. 그 바람에 단조로운 전자음으로 편곡된 〈징글벨Jingle Bells〉이 스피커를 통해 미친 듯이 터져 나오는 끔찍한 상황이 연출되고 말았다.

나는 토마토케첩이라도 뿌린 듯 얼굴이 시뻘겋게 달아올라 배 쪽을 연신 짓눌렀다. 그렇지만 그때마다 그 빌어먹을 〈징글벨〉이 다시 반복돼 울려 퍼질 뿐이었다. 소리를 끄기 위해 대여섯 번이나 단추를 눌러댔고, 정말이지 10년처럼 느껴질 만큼의 시간이 흐른 끝에 나는 결국 밖으로 뛰쳐나올 수 있었다. 그러고는 기나긴 사투 끝에 간신히 넥타이를 풀어 직원 휴게실에 내던져버렸다.

내가 할 수 있는 최선의 사과를 생각하며 다시 환자의 가족들에게 돌아와 보니, 할머니의 딸들 중 한 명이 도저히 참을 수 없다는 듯 웃어재끼고 있었고, 다른 가족들 역시 입가에 웃음을 머금고 있었다. 이렇게 아무리 나쁜 소식이라도 좀 더 쉽게 전달할 수 있는 방법이 언제나 존재하는 모양이었다.

시계가 오후 5시를 가리켰다. 병원 주방에서 훔쳐온 빵조각과 싸구려 주전부리로 나만의 크리스마스 만찬을 준비하면서 나는 문득 내가 집으로 돌아갈 시간조차 재지 않고 있다는 사실을 깨닫고 큰 충격을 받았다. 지친 발걸음을 이끌고 돌아가 봐야 기다리고 있는 건 텅 빈 셋집일 터였다. H*는 동거인으로서의 의무에는 전혀 관심이 없었고, 나의 가장 가까운 진짜 가족은 특별히 가깝다거나 진짜로 살갑게 느껴지지 않았다. 어쨌거나 저녁 8시 정시에 퇴근할 수 있는 희망은 죽은 자식 뭐 만지는 것만큼이나 쓸데없는 짓이었다. 곰곰 생각해보니 내가 집에서 크리스마스를 보낼 수 있는 시간은 기껏해야 90분 남짓이 될 것 같았다.

함께 일하는 인턴 던컨이 어디서 찾아냈는지 어딘가 형편없어 보이는 크리스마스 크래커Christmas cracker, 그러니까 양

---

* H는 그 당시 나와 함께 살고 있던 사람이다. '그 당시에'라는 말은……
  그러니까 아직 내 첫 번째 책을 읽지 않은 사람이 있다면 여기서 미리 내
  용을 떠들어 미안하게 생각한다.

쪽에서 잡아당겨 포장을 뜯는 깜짝 선물 꾸러미를 들고 나타났다. 안에 무작위로 싸구려 선물이 들어 있는 이 원통형의 포장을 우리는 양쪽에서 잡아 뜯었고, 썰렁한 농담을 나누며 서로 눈알만 데굴데굴 굴렸다. 던컨은 종이로 만든 크리스마스 모자를 뒤집어쓰고 다시 자기가 맡은 병동으로 돌아갔다. 나는 내가 먹을 빵조각을 전자레인지에 데우면서 선물 꾸러미에서 나온 고무인지 플라스틱인지로 만든 물고기 모형을 만지작거렸다. 이 물고기 모형은 이른바 점쟁이 물고기로, 손으로 만진 후 어떤 형태를 취하는지 보고 포장에 적혀 있는 점괘와 맞춰보는 것이다. 잠시 뒤 물고기 대가리가 흔들리기 시작했다. 내가 점지받은 점괘는 다름 아닌 '질투'였다.

2004년 12월 26일 일요일 ___ 울면 안 돼

마취과 의사가 달고 있는 배지에 적혀 있는 문구의 기발함에 나는 정말이지 만점을 주고 싶었다. '잠잘 때나 일어날 때 모든 것을 알고 계신대.' 다름 아닌 크리스마스캐럴 〈울면 안 돼_{Santa Claus is coming to town}〉의 가사였다.

2004년 12월 27일 월요일 ___ 효성 지극한 아들

이 일에 대한 보상 중 대부분이 마치 따뜻한 온기와 같은 형태로 다가온다. 그렇다고 그 온기가 나의 피곤을 덜어주거나 집세를 대신 내주지는 않는다. 또 일 때문에 희생하고 있는 사교 생활을 보상해주지도 않는다. 하지만 이 선의의 따뜻한 기운은 분명 구석구석 자리하고 있는 어둠 속에 빛을 던져주며 수많은 뭐 같은 일들을 견뎌나갈 수 있도록 도와준다.

이런 따뜻한 온기와 기운이 가장 크게 빛을 발하는 때는 역시 크리스마스 연휴를 즈음해서다. 올해 나는 NHS를 위해 크리스마스 당일과 그다음 날, 그리고 오늘 27일까지 기꺼이 헌납을 했다. 그러니 이런 나의 희생으로 인해 만들어지는 기운이라면 저 먼 은하계 너머에서까지도 보고 느낄 수 있을 것이다. 그렇지만 사실은 그렇지도 않으면서 성인 군자 행세를 하는 것에 지쳐서일까, 그 기운도 이제 막 조금 씩 사라지려 하고 있었다.

오후 2시가 되자 호출기가 울려댔다. 교환실에서 온 연락 이었는데 시니어 인턴 케이트가 병원 1층 입구로 내려와 달라는 것이었다. 나는 케이트를 만나러 내려가는 내내 이렇게 투덜거렸다. "나는 지금 무척이나 바쁘다고…… 도대체 왜 밑으로 내려오라는 거야…… 비번이면 집에서 쉬고나 있을 것이지 말이야……."

케이트는 마치 고아원을 찾은 왕실의 어르신처럼 따뜻하게 웃으며 나를 맞아줬다. 그러고는 손을 내밀어 내 호출기를 달라고 했다. "남편이 아이들을 데리고 공원에 놀러 나갔어. 그러니까 너도 몇 시간 정도 병원 밖으로 좀 나가보지 그래?" 내 머리로는 이런 예상 밖의 극단적 박애정신을 도저히 감당해낼 수가 없었다. 나는 처음에는 케이트가 나에게 대신 자기 아이들을 봐달라는 건지, 아니면 남편 뒤를 미행해달라는 건지 도무지 이해할 수가 없었다. 그러다 잠시 후에야 나는 그녀가 나에게 쉬는 시간을 주려 한다는 사실을 깨달았다. 나는 고마운 마음을 전하려 했지만 뜻도 모를 소리만 몇 마디 간신히 웅얼거렸다. 나는 내 호출기를 마치 수류탄이라도 되는 것처럼 조심스럽게 케이트에게 건네줬다. 그러고는 속으로 이게 다 장난이겠지 했다. 그렇지만 전혀 그렇지 않았다. 케이트는 내 호출기를 받아들고는 곧장 병동으로 올라갔다.

나는 마치 방금 세상의 왕이 됐다는 연락을 받은 것처럼, 아니면 하늘을 날 수 있는 능력이라도 얻은 것처럼 붕 뜬 기분으로 시내 중심가를 돌아다녔다.

그러다 커피 한 잔을 마시고는 영화관으로 들어갔다. 액션 영화가 보고 싶었지만 상영 시간이 맞지 않았다. 가족용 오락 영화는 정말 피하고 싶었고, 프랑스 예술 영화도 상영되고 있었지만 그런 건 안 보는 게 내 시력을 위해 나을 것 같았다. 결국 나는 마음을 굳히고 120분을 픽사Pixar의 애니메이션에 투자하기로 결정했다.

영화는 내가 생각했던 것 이상으로 아주 훌륭했다. 그리고 심지어 영화 말고도 나는 나만의 은밀한 즐거움을 누릴 수 있었다. 이렇게 어둠 속에서 혼자 있었고, 나를 20년 넘도록 알아왔지만 사이가 안 좋은 사람들과 있을 때만 나 혼자 먹는, 젤리가 뒤섞인 커다란 팝콘 통이 있었다. 이거야말로 일주일을 지중해의 고급 휴양지에서 보내는 것과 비교해도 손색이 없는 사치였다!

나는 친절한 인간의 심성과 당분에 한껏 취한 채 다시 병원으로 돌아왔다.

"나가서 재미 좀 봤어?" 케이트가 물었다.

"아, 정말 재미있었어." 나는 환하게 웃어보였다. "나가서 몬스터들을 보고 왔는데……"

"아, 그렇게 부르니까 참 재미있네! 두 분이 근처에 사시나 봐?"

순간 나는 영화관에서 길을 잘못 찾아 무슨 엉뚱한 세상으로 들어온 게 아닌가 하는 생각이 들었다. 잠시 영화관에 가서 〈몬스터 주식회사Monsters, Inc〉를 보고 돌아왔을 뿐인데…….

"뭐가 재미있고, 누가 어디 산다고?"

"그래. 네가 몬스터들이라고 부르는 부모님이 근처에 사시냐고."

나는 나랑 전혀 상관없는 효성 지극한 아들만이 지을 수 있는 웃음을 머금고 케이트에게 고개를 끄덕여 보였다. 어쨌거나 그렇게 하면 그녀는 최소한 자신이 오늘 아주 좋은 일을 했다고 생각할 것이기에. 그뿐 아니라 그럴 가치가 있는 좋은 사람에게 좋은 일을 해줬다고 생각할 수 있을 것이기에. 아마 내가 가족 생각은 아예 하지도 않고, 그저 영화관에 가서 당분이나 잔뜩 섭취하고 돌아왔다고는 절대로 생각하지 않으리라.

2004년 12월 29일 수요일 ___ 수상쩍은 연고

"좀 협조를 해주시지요." 나는 환자와 서로 말 없이 눈싸움만 하고 있는 것에 지친 나머지 결국 이렇게 말했다. "정말로 무엇 때문에 이렇게 됐는지 짐작 가는 일이 전혀 없나요?"

내가 표피表皮가 거의 투명하게 돼버린 성기를 살펴보는 동안, 이 스무 살의 남자는 그저 어깨를 으쓱해 보이고 머리를 쓸어 넘기며 입을 꾹 다물고 있을 뿐이었다. 그 남자의 성기는 마치 어디 대형 마트의 정육 코너에 가면 볼 수 있는 투명한 비닐에 싸인 닭의 내장 비슷한 꼴을 하고 있었다.

나로서는 그 남자가 자신의 성기를 매일 밤 무슨 표백제에 담갔다 꺼냈다 하더라도 뭐라고 비난할 마음은 없었다. 다만 그게 정말 그렇게 한 것처럼 보였다는 것이 문제라면 문제였다. 그가 지금까지 무슨 짓을 했는지는 모르겠지만, 그는 성기 끝의 표피를 거의 투명하게 보일 정도로 헐어버리게 만들었다. 나는 이다음에 어느 베트남 식당에 가더라도 투명한 라이스페이퍼로 만든 쌈 요리 같은 건 절대 시키지 않을 것이다.

20분이 지난 후 우리는 결국 둘 다 뭔가를 알게 됐다. 나는 과연 어떤 종류의 인간들이 인터넷을 통해 성기 크기 확대 광고를 보고 클릭해서 수상쩍은 기적의 연고 같은 것을 실제로 사들이는지 알게 됐고, 환자로 찾아온 남자는 자신이 철석같이 그 효능을 믿고 구입한 연고에는 사실 스테로이드 성분이 함유돼 있다는 것과 그 스테로이드 성분은 피부를 약하게 만드는 효과가 있다는 사실을 알게 됐다. 그리고 애초에 성기의 크기가 터무니없이 작지 않은 이상, 불행하게도 그 연고는 원하는 만큼의 효과를 가져올 수 없다는 사실도.

2004년 12월 30일 목요일 ____ 어떤 경우

환자인 VY는 올해 여든두 살이며 지난주에 꼬임 탈장*이 일어나 응급 수술을 받았다. 나는 VY가 집에 몹시 돌아가고 싶어 한다고 생각했다. 그도 그럴 것이 그는 정장 차림이었는데, 조끼와 거기에 어울리는 넥타이와 행커치프까지 완벽하게 갖춰 입고는 의자에 앉아 있었던 것이다. 그 모습은 마치 19세기 말이나 20세기 초의 멋진 영국 신사 같았다. 다만 하나 빠진 것이 있다면 조끼 주머니에 넣는 회중시계뿐이었다. 나는 가벼운 목소리로 내가 회진 오는 것을 이런 식으로 예의를 갖춰 반겨주다니 참으로 감사한 일이라고 말했다.

"봤지?" VY가 바로 옆에 앉아 있던 자신의 딸에게 말했다. 딸은 눈알을 데굴데굴 굴리며 지난주에 구급차를 불렀을 때도 이렇게 정장을 차려입느라 5분 이상을 다 같이 기다려야만 했었다고 내게 설명해줬다. 눈이 튀어나올 것 같

---

* 탈장이란 몸속 창자의 일부가 근육이나 다른 조직을 통해 빠져나오거나 돌출되는 현상을 말한다. 그중에서도 꼬임 탈장은 창자의 혈액 공급이 중단되면서 구토와 일반 탈장의 통증까지 함께 동반될 때 발생하는 응급 사태라고 볼 수 있다.

은 고통 속에서도 VY는 자신이 필요하다고 생각하는 격식을 갖춰야만 했던 것이다. "어떤 경우라도 사람은 옷차림이 단정해야 하는 법이거든." 그가 내게 이렇게 말했다.

"그뿐만이 아니잖아요." 딸이 말을 이었다. "거기다 이를 다 닦을 때까지는 병원에 갈 수 없다고 버티셨잖아요!"

"하지만 병원에 가서 인공호흡을 하게 될 수도 있잖니." 딸에게 하는 아버지의 설명이었다.

2004년 12월 31일 금요일 ___ 세금 축내는 족속들

병동에 미처 도착하기 전인데도 사방에 냄새가 진동했다. 한 번에 알아차릴 수 있는 청소용 세제와 알랑방귀의 악취였다. 오늘은 우리의 친애해 마지않는 보건복지부 소속의 높으신 의원 나리들이 행차하는 날이었다.[*] 만화책에라도

---

[*] 사실 '구관이 명관이다'라는 말도 있고 유명한 가수인 조니 미첼도 그 말에 영감을 얻어 〈빅 엘로우 택시Big Yellow Taxi〉라는 노래를 만들었는지도

등장할 법한 이 악당들은 영국 전역을 가로지르며 아마 전국의 병원에서는 다 똑같은 청소용 세제 냄새가 진동한다고 생각할 것임에 틀림이 없었다.

들어볼 것도 없이 의원들은 미리 준비해온 뻔한 칭찬의 말들을 앵무새처럼 주워섬길 것이다. "이렇게 열심히 일해주셔서 감사합니다." 뭐 이런 것 말이다. 하긴 1년에 150일만 의회에 출석하고 가죽 의자에 앉아 꾸벅꾸벅 졸면서 납세자들의 돈으로 고급 쇠고기 요리나 꾸역꾸역 처먹는 인간들에게는 아마도 무슨 일이든 다 대단해 보이겠지.

그리고 무슨 관심 종자도 아닌데 카메라를 든 기자들이

모르겠지만, 나는 노동당 정부 시절에 의사로 일했는데, 이후 정권을 잡은 보수당은 지난 정부 시절의 보건복지 예산이 과도하게 책정됐다고 바로 물어뜯기 시작했다. 어린 시절 정권이 바뀔 때마다 보건복지부 장관도 새롭게 바뀌는 걸 보고 나는 지역 보건의였던 아버지에게 새로 장관이 바뀌면 어떻게 될 것 같은지 묻곤 했다. 그때마다 아버지의 대답은 한결 같았다. "항상 지난번보다 상황이 더 나빠질 뿐이지." 아버지의 말은 거의 사실이었다. 개인적으로 나는 보건복지부 장관이란 해리 포터를 가르쳤던 어둠의 마법 방어술 교수들이랑 비슷한 존재라고 생각한다. 책속에서 그들은 결국 모두 다 악당으로 돌변하는데, 정확히 어떻게 그렇게 되는지 혹은 그들의 진짜 정체가 무엇인지를 알아차리기 위해서는 시간이 필요하다.

호위병처럼 우르르 둘러싸지 않으면 이런 방문은 아예 생각하지도 않는다. 나는 내일쯤 신문에 실릴지도 모를 구도가 잘 잡힌 사진과 기사를 떠올렸다. 사진 속에서 아마도 의원 나리들은 뭔가를 알겠다는 듯 진지한 표정을 짓고 있을 것이며, 간호사와 환담을 나누면서는 벗겨진 머리통이 카메라에 잡히지 않도록 신경을 쓴 모습이 역력하게 드러나리라. 간호사는 의원 나리의 목에 수술용 메스를 꽂는 대신 혼신의 힘을 다해 끓어오르는 무언가를 참아내며 환하게 웃어줄 것이다. 병원 벽을 예술적으로 덮고 있는 크리스마스 장식들은, 의료진들뿐만 아니라 정치가들도 이렇게 연휴임에도 불구하고 열심히 뛰고 있다는 인상을 사람들에게 심어줄 수 있을 것이다.

나는 내가 온기라고는 하나도 느낄 수 없는 저 세금만 축내는 족속들의 축축한 손을 잡고 악수를 하는 사람들 사이에 끼게 될 일은 없을 거라고 생각했지만, 누구 손목이 꺾여 나가나 궁금해하기는 했다. 그리고 동시에 환자들의 비밀을 지켜야 하는 내 의무를 다하고 싶다는 생각이 들었다. 환자에 대해 알 수 있는 어떤 정보라도 사진이나 기사를 통해 공개된다면 그야말로 용서받을 수 없는 일이 되기 때문이었다. 나는 즉시 병동의 상황판 쪽으로 달려갔다. 모든 환자들의 이름은 반드시 머리글자로만 표기하는 것이 원칙이었지만, 그것이 익명성을 보장해줄 만한 충분한 조치라고 과연 누가 장담할 수 있겠는가? 나는 그 어느 때보다도 더 재빠르게, 그리고 평소보다 조금 더 신중하게 신경을 쓰며 첫 번째 입원실에 입원해 있는 여덟 명의 환자 이름 머리글자를 누구도 알아보지 못하도록 머릿속에 떠오르는 그대로 전부다 바꿔버렸다.

F.U.

C.K.

Y.O.

U.T.

O.N.

Y.B.

L.A.

I.R.

눈썰미 있는 사람이라면 금방 알아볼 수 있으리라. 저 머리글자를 모두 합치면 'Fuck you Tony Blair'가 된다. 즉, '토니 블레어 수상은 나가 뒤져라'였다.

2005년 1월 4일 화요일 ___ 말하고 싶은 유혹

아무래도 취미란 정말 중요한 것 같다. 머릿속 두뇌의 회전 방향을 바꾸고, 힘든 하루 일과를 마친 후에도 신경을 짓누르고 있는 압박감을 털어버리기 위해서는 취미만한 것이 없다는 생각이 든다. 나는 글도 끼적이고 피아노도 치는데, 많이는 못해도 틈만 나면 이 두 가지 취미에 여가 시간을 다 쏟아붓는다. 주변을 돌아보면 달리기를 하거나 모터사이클을 타는 사람, 그리고 뜨개질이나 낚시를 하는 사람들도 있다.

AM이라는 이름의 환자는 이십 대의 자칭 힙합 전사인데, 사창가를 찾아가 현금 뭉치를 내밀고 자기 성기를 바늘로 찔러달라고 부탁한다고 한다. 변태 성욕자 방식의 새로운 침술 치료가 탄생하는 순간이다.

그렇지만 크리스마스 연휴라는 게 결국 모든 사람들이 일을 쉰다는 뜻이니까, 보통 우리를 맞이하는 건 임시로 고용된 직원들일 때가 많다. 예컨대 이발소를 가면 늘 있던 주인이 안 보여서 머리가 평소처럼 정돈되기가 어렵다. 크리스마스 연휴에 임시로 고용된 우편집배원들은 집에 사람이 없을 때 우편물을 어떻게 처리해야 하는지에 대한 요령이 없기 때문에 결국 수십 킬로미터나 떨어진 보관소에 도로 우편물을 가져다놓는다.

그렇다면 사창가는 어떨까. 역시 임시로 자리를 채운 매춘부들은 손님에게 익숙하지 않은 다른 바늘로 손님의 성기를 찔러댄다. 그리고 그런 연유로 응급실에 실려 온 우리의 환자 AM은 결국 '환자가 소변을 정상적으로 처리하기 어렵다'는 진단과 함께 비뇨기과 병동으로 옮겨지게 된 것이다. 그렇지만 일반적으로 생각하는 통증이나 소변이 나오지 않는, 그런 문제는 아니었다. 사실은 오히려 그 반대로, 쏟아지는 소변 줄기들을 어떻게 처리해야 하는지에 더 가까웠다. 이 힙합 전사 본인의 표현을 빌면, 지금 그의 성기는 "여기저기 구멍이 뚫려 물이 줄줄 새고 있는 형편"이었다. 나는 새로운 도뇨관導尿管을 삽입하고 그를 병동에 입원시켰다. 그리고 내가 아는 수십 명의 사람들에게 이 웃기는 이야기를 문자로 전하고 싶은 유혹을 억눌러야 했다. (그럼에도 불구하고 나는 이렇게 힙합 전사 AM의 이야기를 책으로 펴내고 말았다.)

두 번째 크리스마스

산타클로스가 선물을 가득 실은 썰매를 타고

온 세상을 날아다니는 동안

나는 영원히 끝나지 않을 것 같은 당직 근무를 서며

신생아들과 씨름을 했다.

TWAS THE NIGHTSHIFT BEFORE CHRISTMAS

2005년 12월 16일 금요일 ____ 망할 놈의 배터리

나는 임산부 진료실에서 한 임신부의 배에 초음파 검사기를 가져다대고 전원을 켰다. 그리고 쉭쉭거리는 익숙한 태아의 심장박동 소리가 들려오기를 기다렸다. 아무런 소리도 들리지 않았다. 이 망할 놈의 배터리! 나는 몇 번이고 전원 스위치를 껐다가 켰다. 그러다가 결국 임신부에게 사과를 했다.

"죄송합니다. 이거 죽은 거 같은데요."

순간 임신부의 얼굴이 바람 빠진 풍선처럼 일그러졌다. 나는 급히 이렇게 덧붙였다.

"초음파 검사기요! 아기가 아니라 이 초음파 검사기 말입니다!"

2005년 12월 20일 화요일 ___ 판에 박힌 카드
병원 컨설턴트 폴린스키에게서 크리스마스카드가 왔다.

> 건강하고 복된 크리스마스가 되기를 빌며
> 2006년에도 모든 일이 다 잘 되시기를 바랍니다.

판에 박힌 문구로 어디를 봐도 근무 여건을 개선시켜주겠다는 말 같은 건 찾아볼 수 없었다.

2005년 12월 21일 수요일 ___ 이상한 크리스마스트리

우선은 산부인과 병동 벽에 심전도*를 닮은 길게 늘어진 크리스마스 장식을 붙이는 일부터 시작했다. 그리고 병동의 크리스마스트리는 바람을 넣어 부풀린 의료용 고무장갑과 자궁에 넣는 피임용 고리를 닮은 싸구려 장식품들로 장식을 했다. 산부인과 병동 간호사들은 언뜻 봐서 뿔처럼 보이는 검사 기구를 뒤집어쓰고 빨간색 마분지를 코에 붙인 후 눈을 뒤룩거리며 세상에서 가장 흉악스러운 루돌프 순록 행세를 했다. 이런 순록들이 끄는 썰매라면 아무리 산타

---

* 병원에서만 쓰는 전문 용어를 이 책에서 어디까지 설명해야 하는지 사실은 잘 모르겠다. 나야 물론 '객혈喀血' 같은 용어가 나와도 한 번에 알아듣고, '병원'이 사방으로 뻗어 있는 음침한 건물에서 환자들이 피를 토하는 곳이라는 걸 잘 알고 있기는 하지만 말이다. 어쨌거나 ECG, 즉 심전도란 우리 심장의 전기적 활동을 구불구불한 선으로 나타낸 것으로, 보통 의학을 주제로 한 드라마를 시작할 때 가장 많이 등장한다. 심전도를 측정하기 위해서는 우선 가슴과 팔, 그리고 다리에 끈끈한 고무판 같은 것을 붙여야 하며 제대로 측정을 하려면 남자들의 경우 먼저 피부의 털을 제거해야 할 때가 많다. 언젠가 한 번 병원으로 실습 나온 의과대학생에게 심전도 측정 전에 환자의 '면도'부터 해주라고 부탁했더니, 이런 빌어먹을, 불쌍한 환자의 멋들어진 구레나룻이며 턱수염을 깡그리 다 밀어버렸다.

클로스라고 해도 타기 싫을 것 같았다.

오늘 밤 나는 간호조무사들 중 한 사람의 도움을 받아 그럴싸한 화관花冠 하나를 만들었다. 우리는 안 쓰는 콘돔을 한 상자 가져와 이리저리 뜯어내고 이어 붙여 둥근 원형 형태로 화관 비슷하게 만들었다. 이것을 병동 출입구에 걸어뒀는데, 어느 심술궂은 스크루지 영감이 떼어버리는 바람에 모든 근무자들이 다 그걸 보지는 못했다.

그래도 다행히 그 스크루지는 크리스마스트리 꼭대기에 붙어 있는 요정은 보지 못한 것 같다. 요정의 짧은 치마 아래로 수술용 봉합사縫合絲를 이리저리 꼬아 탯줄처럼 만든 것이 무시무시한 모습을 하고 대롱대롱 매달려 있었는데.

2005년 12월 24일 토요일 ___ 불협화음의 마력

혹시 내가 무슨 영양실조나 탈진으로 인해 환청이라도 듣고 있는 것일까? 아니, 그런 것 같지는 않았다. 나 말고 다른 사람들 귀에도 모두 어느 브라스 밴드가 연주하는 〈오, 베들

레헴 작은 마을O Little town of Bethlehem〉이 들리는 것 같았으니까. 그런데 그 노력이야 가상했지만 연주 실력 자체는 예수 그리스도가 살아 돌아온다 해도 도저히 눈 뜨고는 들어주지 못할 수준이었다! 나는 어느 여자 환자의 회음부를 태어났을 때와 똑같은 상태로 되돌려놓는 봉합 작업을 마치고는 즉시 상황을 알아보려고 병동 2층을 돌아다녔다. 난간에 몸을 기대고 아래층을 살펴보며, 도대체 어디서 이런 지옥과도 같은 끔찍한 소리가 들려오는 것일까 하고 두리번거렸다. 알고 보니 1층 입구 앞에 예닐곱 명의 초등학교 꼬맹이들이 모여서 악기를 연주하고 있었다. 서른 명쯤 되는 다른 녀석들은 그 주위를 초승달 모양으로 빙 둘러싸고 합창을 하고 있었고.

아이들이 자기들 나름대로 이 유명한 크리스마스캐럴을 쿵짝거릴 때, 그러면서 한 소절이 끝날 때마다 목소리가 기어들어갈 때, 나는 묘한 기분이 들기 시작했다……. '뭐지 이 느낌은? 음악이 좋아서 그런 것 같진 않은데……. 하지만 뭐 괜찮아. 좋다고. 참을 수 없으면 즐기지 뭐.' 마치 이 불협화음이 무슨 마법이라도 부린 듯 오래전 잊어버린 크리스마스에 얽힌 행복했던 기억들을 떠올리게 만들었다. 그리고 나의 감정을 관장하는 신경계통을 따뜻하게 감싸 안아주는 것 같았다.

말쑥하게 차려입고 이렇게 크리스마스이브까지 반납하고 나타난 아이들을 보니, 마치 〈러브 액추얼리Love Actually〉 같은 유명한 영국산 로맨틱 코미디 영화들의 마지막 장면 같기도 했다. 물론 아이들이 이런 전위음악 실험 같은 것 말고, 뭔가 더 도움이 되는 걸 배웠으면 하는 마음이 들었지만 말이다.

그때 내 호출기가 울렸고 나는 이상하리만치 무거운 발걸음을 돌려 다시 산부인과 병동 쪽으로 향했다. 내 옆을 지나가던 한 남자는 난간 너머로 아래층을 바라보더니 아내처럼 보이는 여자에게 이렇게 말했다. "피임 광고로 딱이겠는데." 나는 하마터면 어제 어느 환자가 나에게 "누군가 기분 나쁘게 하면 이렇게 해보라"며 보여줬던 날카롭게 혀를 차는 "쳇" 하는 소리를 낼 뻔했다.

2005년 12월 25일 일요일 ___ 한 편의 촌극

산부인과 병동에서 맞이하는 첫 번째 크리스마스였다. 나는 2년 연속으로 크리스마스 당일에 당직 근무를 서는 건, 내년에 아주 중요한 일이 있을 때 쉴 수 있다는 보증수표라고 스스로를 설득하려고 애를 썼다. 물론 H에게도 같은 말을 했지만 씨알도 먹히지 않았다.

다행히 근무는 그다지 힘들지 않았고 연휴 분위기에 걸맞은 정도의 일만 있었다. "신생아 홀리Holly와 캐스퍼Casper여, 탄생을 진심으로 축하한다." 그리고 솔직히 말하자면 캐스퍼라는 이름이 왜 크리스마스에 딱 어울리는 이름인지를 알려준 건 다름 아닌 육십 대의 조산원 레슬리였다. 나는 처음에는 그저 보통 사람들은 집에서 기르는 개에게, 그리고 상류층 사람들은 아이를 너무 많이 낳아 더 이상 마땅한 이름이 생각나지 않을 때 붙이는 이름이 캐스퍼이겠거니 했다. 그렇지만 내가 어디서 깜빡 졸고 있던 사이에 아기 예수를 찾아왔다던 세 명의 동방 박사 이름을 딴 아이들이 지금까지 무수히 많이 이 병동을 거쳐 갔던 모양이었다. 어쨌든 이번에는 적어도 발타자르Balthazar라는 이름은 면하게 됐다. 이름이 발타자르가 됐다면 무슨 사진작가나 디즈니 영화의 악당 정도밖에 할 수 있는 일이 없게 되지 않을까.

캐스퍼가 태어나면서 조산원들은 다른 여러 축제와 관련된 이름들에 대해 주저리주저리 이야기들을 늘어놓기 시작했다. 로빈Robin, 그레이스Grace, 가브리엘Gabriel…… 그러다가 급기야는 캐롤스Carols나 글로리아스Glorias 같은 요즘은 듣기 힘든 이름들까지 튀어나왔다. 레슬리는 추억에 잠긴 것처럼 보였다. "노엘Noel이라는 이름은 항상 인기였었지. 그렇지만 에드먼즈Edmonds라는 이름이 나오면 다들 똥 씹은 얼굴을 했어."

그때 내 호출기가 울리면서 수다가 중단됐다. 임신 30주에 접어든 임신부 BK가 왼쪽 귀에서 피를 흘리고 있다는 것이었다. 좀 더 정확하게 말하자면 왼쪽 귓불에서 아주 피가 뿜어져 나오고 있었다. 피에 흠뻑 젖은 그녀의 수건과 옷, 그리고 내 수술복을 볼 때 분명 피가 1리터 이상은 흘러나온 것 같았다.

나는 레지스트라 스탠을 호출했다. 병원 십계명에서 가장 중요한 계명이 '안전제일'이라면 그다음은 아마도 '과장 금지'가 아닐까.* 스탠은 처음에는 그냥 작은 상처 같은 걸 가

* 환자를 보고 어쩔 수 없는 표정으로 다른 높은 의사를 부르겠다고 했을 때, 막상 환자가 별로 개의치 않는다는 사실을 의사가 된 지 얼마 지나지

지고 내가 허풍을 떨고 있다고 생각했던 모양이었다. "설마 무슨 피가 그렇게 나올 리가 있나. 그냥 피가 번져서 그렇게 보이는 거 아닌가?" 나는 스탠에게 빨리 와달라고 사정을 했다. 그리고 피를 닦아내고 수혈용 혈액을 네 개 부탁하고는 더 큰 수건을 가져와 그녀의 귀를 틀어막았다.

몇 분 뒤 스탠이 나타났다. "어라? 정말 피를 많이 흘렸네." 그리고 질문이 시작됐다. 그는 내가 했던 것과 똑같은 질문을 환자에게 던졌다. "전에도 이런 일이 있었습니까?" "아뇨." "혹시 혈액 응고 장애 같은 것이 있나요?" "아뇨." "귀에 상처가 난 겁니까?" "아뇨." 스탠은 이리저리 환자를 살펴봤지만 피가 계속해서 뿜어져 나오는 것 말고는 확인할 수 있는 사실이 거의 없었다. 그러자 그 역시 다른 곳에 도움을 요청했다. 산부인과의 컨설턴트 헤스였다. 헤스는 스탠에게 혹시 있을지 모를 미숙아 출산을 대비해 태아의 폐를 보호할 수 있도록 스테로이드 주사를 놓으라고 지시했다. 그리고 이비인후과에 연락을 했다.

않아 알게 된 나는 조금 놀랐다. 환자들은 오히려 더 실력 있는 의사가 온다는 사실을 반기는 것 같았다. 그야말로 뭘 샀더니 덤이 하나 따라오는 것 같은 예상치 못한 행운이라고 여기는 모양이었다.

이비인후과가 오늘 비번이었기 때문에 일반 외과 담당 레지스트라가 대신 달려왔다.* 그는 환자를 살펴봤고 당연한 일이지만 대단히 염려스러운 표정이었다. 그는 결국 이비인후과 레지스트라를 병원으로 불러야 한다고 말했다. 상황이 점점 심각해지고 있었다. 전공의들이 하나둘씩 모여들었지만 도대체 뭐가 문제인지 전혀 알 수가 없었다. 환자는 산부인과 병동의 중환자실로 옮겨졌고 다시 수혈용 혈액 네 개가 추가됐다. 도착한 이비인후과 레지스트라가 즉시 이비인후과 컨설턴트까지 불러들이자, 먼저 와 있던 의사들은 제대로 문제점을 찾아내지 못했던 부담감을 조금 덜 수 있었다.

이비인후과 컨설턴트는 환자에게 출혈을 멈추기 위해서는 즉시 수술이 필요하다고 말했다. 그리고 수술을 제대로 진행하기 위한 그만의 계획이 있는 것처럼 보였다. 헤스가 도착했고, 시간이 지날수록 모여드는 의료진의 숫자도 늘어났다. 마취과 전문의, 방사선과 전문의, 그리고 혈액 관련 전문의까지. 그야말로 끝없는 의사들의 습격이었다.

---

* 이비인후과는 보통 '땡보직'으로 알려져 있는데, 고요하고 거룩한 크리스마스를 보내고 싶다면 생각해볼 만한 전공이다. 물론 '농땡이'과로 알려진 피부과 역시 만만치 않다.

하지만 산부인과 병동의 업무는 '땡보직'도 '농땡이'도 아니었고 내가 여기 있어본들 무슨 큰 도움이 될 것 같지도 않았다. 때문에 나는 "빌어먹을, 도대체 이 환자한테 무슨 일이 있었던 거야? 그리고 혹시 무슨 일이 벌어지면 내가 뒤집어쓰는 거 아니야?"라는 심각한 상황을 연출하는 동안 방치돼 있던 아홉 명의 다른 환자들을 살펴보기 위해 그 자리를 빠져나왔다. 그런 다음 응급실로 내려가 대기하고 있던 환자들을 살펴보고 다시 제왕절개 분만을 돕기 위해 위층에 있는 수술실로 내달렸다.

그러다가 겨우 한숨 돌리려 나와 보니 환자 BK가 그 북새통을 빠져나오고 있는 모습이 눈에 들어왔다. 태아는 그대로 배 속에 안전하게 자리 잡고 있는 듯했고 더 이상 피도 뿜어 나오지 않았다. 진단명은 귀의 동정맥기형arteriovenous malformation이었다.* 나로서는 교과서에서조차 본 기억이 없는 병명이었는데, 어느 속담처럼 역시 '교과서 밖에도 세상

---

* 동정맥기형이란 동맥과 정맥이 국수 가락처럼 서로 복잡하게 얽혀서 모세혈관과 연결되지 않는 기형으로 대단히 드물게 나타난다. 보통은 뇌 안에서 발생하지만 이렇게 신체 어느 부분에서도 발생할 수 있다. 피가 날 때 멈추지 않고 계속 흘러나오는 것이 특징이며, 특히 임신 중에 자주 이런 일이 일어난다.

은 있는 법'이었고 아마도 그 세상은 크리스마스 연휴도 마음대로 무시하는 것 같았다. BK를 주인공으로 한 이 한 편의 촌극을 위해 이 병원에서만 스무 명이 넘는 의사며 간호사, 그리고 조산원 등이 동원됐다. 그중 대부분이 집에서 가족들과 한창 크리스마스 만찬을 즐기다가 헐레벌떡 달려온 사람들이었다. 크리스마스든 섣달그믐이든, 아니면 그 밖의 무슨무슨 날이든 인생은 이렇게 좋든 싫든 흘러가는 법인가 보다.

그러다 문득 이 소동 때문에 지금까지 한 번도 휴대전화기를 열어보지 않았다는 사실을 깨닫고 나는 몸을 부르르 떨었다. H로부터 족히 열 개는 넘게 문자가 와 있었다. 처음에는 그래도 장난기가 섞여 있더니 문자가 거듭될수록 말투가 점점 딱딱해지면서 결국 이렇게 마무리가 돼 있었다. '자기가 많이 바쁜 걸 알겠어. 이제 더 이상 방해하지 않을게.'

2005년 12월 31일 토요일 ___ 좋은 질문

"뭐라고? 다시 한 번 말해봐." 미치가 물었다.

"질 안쪽이 엄청나게 퉁퉁 부었던데요. 그리고 온통 녹색과 빨간색으로 뭐가 잔뜩 나 있었고."

"그럼 피가 났다는 건가?"

"아니, 그건 피가 아니라…… 뭐가 번들번들하던데…… 그러니까 무슨 투명 매니큐어 같은 느낌?"

"투명 매니큐어?"

"아니, 그게 아니던가……"

나는 다시 설명을 하려고 했지만 미치가 마치 관현악단 지휘를 막 시작이라도 하는 것처럼 손가락 하나를 치켜들고는 환자를 보기 위해 사라졌다. 그리고 5분 뒤 미끄러지듯 다시 모습을 드러냈다. 어디 가서 무슨 비밀이라도 알아내고 온 듯한 모습이었다.

"우선 질문부터 잘못됐어." 그가 말했다. 말 한마디 한마디가 '너는 바보야'라고 꾸짖으며 내 머리를 두드리는 것 같았다. "열에 아홉은 말이지, 환자에게 손을 대기 전에, 그전에 무슨 일이 있었나를 확인하는 걸로 문제를 해결할 수가 있어."

나는 미치의 이 거만한 자아도취가 끝날 때까지 입을 다물고 있어야 한다는 사실을 잘 알고 있었다. 레지스트라들은 자신들이 '여전히 모든 걸 다 할 수 있다'는 걸 보여주기 위해 지치지도 않고 이런 일을 반복하길 좋아한다. 수영장에서 주변 사람들이 다 눈살을 찌푸려도 굴하지 않고 맞지도 않는 최신 수영복에 억지로 몸을 끼워 맞추려 애쓰는 뚱뚱보 우리 삼촌처럼 말이다. 어쨌거나 잘난 척이 끝나자 나는 그럼 무슨 질문부터 했어야 했느냐고 물어봤다.

"혹시 최근에 굵은 막대 사탕으로 자위를 하신 적이 있나요?"

그렇지! 나는 앞으로 환자를 처음 만나면 이 질문으로 어색한 분위기를 누그러트려야겠다고 다짐했다.

2006년 1월 1일 일요일 ___ 질의 방어력

병원에 내걸린 안내문을 읽어보니 2006년부터는 새로운 '환자 퇴원 후 관리 제도*'를 시행하겠다고 한다. 이건 말

---

* 이번 경우. 병원의 개혁 의지는 사람들이 막연히 두려워할 만큼 대단하

그대로 지키지도 않을 하나 마나 한 새해 결심 같은 것이다. 새해의 시작을 알리는 마지막 타종의 여운이 채 사라지기도 전에 병원의 그 어느 누구도 큰 변화가 일어날 거라고 기대하는 사람은 없을 것이다.

병원 업무의 신뢰도를 이례적으로 높이기 위해 일단의 IT 관련 '도우미'들이 투입됐는데, 이들은 무슨 지역 미인대회 참가들처럼 번쩍번쩍하는 띠 같은 걸 몸에 두르고는 병원 내부를 어슬렁거리며 돌아다녔다. 산부인과 병동에 배속된 '도우미'는 이런 시기에 일을 하는 게 불만인 모양이었다. "그래도 최소한 일당을 세 배는 더 받으니까!" 그는 이렇게 중얼거리며 상을 받기 위해 미로 여기저기를 들쑤시는 실험용 쥐처럼 컴퓨터 자판을 마구 두드렸다. 새해 첫날에 일을 하느라 돈을 세 배는 더 받는다니, 이 무슨 해괴망측한 일인가. 지금 일을 하고 있는 우리들은 분명 그렇지 못한데. 나는 그가 그렇게 번 돈으로 치아 관리에 신경을 더 썼으면 싶었다. 입 냄새가 어찌나 나는지 멀리서도 그 존재감을 알

지는 못했다. 새로운 '환자 퇴원 후 관리 제도'란 결국 환자가 나중에 찾아갈 개인 병원에 진료와 투약 기록을 정리해서 넘겨줘 치료를 무사히 마무리할 수 있도록 돕겠다는 것이었다.

아차릴 수 있을 정도였으니까.

새로운 기술이 21세기가 아니라 20세기 중반부터 강제로라도 적용됐다는 사실을 생각하면 모두들 감사해야 하지 않을까 싶다. 과거의 병원 업무 처리 방식은 그야말로 원무과 직원들에게는 악몽이나 마찬가지였을 것이다. 의사는 환자의 상태를 삼중으로 겹쳐진 먹지 위에 기록했다. 그러면 복사본 세 장이 만들어지는 셈인데, 제일 첫 장은 병원 보관용, 두 번째 장은 환자용이었으며 너무 겹쳐 쓰느라 뭐라고 썼는지 제대로 보이지도 않는 마지막 장은 환자가 가게 될 지역 의료원이나 개인 병원용이었다. 이것은 보통 우편으로 보내졌다. 물론 의사가 쥐고 있는 볼펜에 모든 분노를 담아 기록을 했다면 마지막 장도 알아보기 쉬운 경우도 있었을 것이다. 그러나 요즘은 모든 기록이나 자료가 그대로 컴퓨터에 저장된다……. 그런 다음 프린터로 출력이 돼 팩스로 전달된다.

기술은 이렇게 변화를 가져왔지만 환자들은 예나 지금이나 달라진 것이 없는 것 같다. 오늘 아침 나는 환자 AW를 진찰했다. AW는 광란의 밤을 보내며 새해를 맞이하게 됐지만 그다음이 좋지 못했다.

남자 친구 집에 가서 함께 침대 위로 뛰어든 것까지는 좋았는데, 침실은 물론 욕실 어디에서도 적당한 삽입용 윤활제가 없었다. 결국 AW는 주방으로 가서 땅콩버터를 들고 왔다. 비록 찬장을 좀 더 샅샅이 뒤져보는 것이 더 나을 뻔했지만 땅콩버터가 최악의 선택은 아니었다. 어쨌거나 땅콩버터에도 기름은 충분히 들어가 있고, 거기에 땅콩 알갱이가 들어 있는 걸 고를 수 있는 기회도 있었으니까. 선택에 따라 '즐거움'이 더할 수도 있었던 것이다. 다만 기름기가 있는 윤활제는 콘돔과 상극이라는 것이 문제라면 문제였다. 그리고 그 지저분한 뒤처리는 말할 것도 없었고. 땅콩버터로 뒤범벅이 된 이부자리를 책임질 수 있는 그런 세제가 세상에는 없었으니까. 게다가 어떤 사람들은 땅콩에 알레르기가 있는데, 환자 AW가 바로 그런 경우였다.

"그렇지만…… 땅콩 알레르기가 있다는 걸 알면서 도대체 왜?" 나는 어느 가수가 3단 고음으로 목소리를 뽑아내듯 목소리를 높이며 물었다.

"그건 아주 극단적인 경우에만 일어날 수 있는 그런 문제라고 생각했거든요." AW의 설명이었다. 나는 그녀가 인터넷 검색만 너무 믿고 있는 것이 아닌가 하는 생각이 들었다. 그녀의 예상은 결국 빗나갔다. 다행히 알레르기로 인한 호흡 곤란 같은 최악의 상황은 피할 수 있었다. 하지만 그 대신 질과 요도 부분이 부풀어 올라 소변을 제대로 볼 수 없는 지경에 이르렀다. 한밤중에 실려 온 그녀에게 다른 동료 의사들이 도뇨관을 삽입해 안에 든 걸 전부 다 씻어냈고, 그런 다음 알레르기 증세를 치료하기 위해 스테로이드와 항히스타민제를 투여했다. 의사들끼리 새해 첫날밤을 보내는 최악의 방법을 주제로 이야기를 나눌 때, 누구도 따라올 수 없는 압도적인 농담거리를 제공해준 건 덤이었다.

아침이 되자 재앙에 가까웠던 상황들이 정리됐다. 도뇨관은 다시 제거됐고 AW는 무사히 소변을 볼 수 있게 됐다. 나는 그녀를 집으로 돌려보냈다. 앞으로는 절대 땅콩버터를 그런 용도로 사용해서는 안 된다는 암묵적인 상호 합의와 함께.

그러면 이제 새로운 컴퓨터 프로그램을 써볼 차례였다. 점심으로 치즈와 양파, 그리고 쓰레기 샌드위치를 먹은 것이 분명한 입 냄새 도우미는 나에게 이런저런 설명을 해줬다. '그러니까 나는 미리 저장해놓은 초특급 선택 사양의 명단에서 진단명만 선택하면 된다 이거지.' "그런데 환자의 상태나 병명을 한 단어 혹은 두 단어 정도로 설명해서 저장을 해놓아야 할 텐데요?" 그가 말했다.

나는 잠시 머뭇거리다 이렇게 대꾸했다. "그러면 '질의 방어력'이라고 해둘까요?"

2006년 1월 4일 수요일 ___ 멋대로의 기준

두어 달가량 대단히 긴장된 상태로 기다린 끝에, 마침내 내가 지난 10월에 야간 당직 근무를 섰던 근무시간에 대한 정산 결과가 나왔다. 당시 나는 13시간을 근무했다고 기록했었다.

'당직 근무는 얼마를 했는가에 상관없이 당시는 서머타임이 끝날 때라 그 기준으로 하면 근무시간이 12시간으로만 기록이 됩니다.' 받아본 이메일이 이렇게 으르렁거리고 있었다. 이 개자식이 도대체 무슨 기준을 근거로 이따위 정산 결과를 들이밀었는지 모르겠지만, 이렇게 되면 실질적으로 일한 시간에 대한 과학적 법칙 따위가 다 무슨 소용이란 말인가. 나로서는 나중에 서머타임이 시작될 때 12시간을 일을 한다고 해도, 또다시 멋대로 기준을 들먹거리며 11시간으로 깎아서 정산될 거라고 생각할 수밖에 없었다.

2006년 1월 5일 목요일 ___ 아흔한 살의 소망

"아직 죽고 싶지 않아." 환자 JM이 구슬프게 말했다. 당연히 세상에 죽고 싶은 사람은 없을 것이다. 그게 인간의 본성이니까. 그렇지만 아흔한 살이나 먹은 사람의 입에서 그런 말이 나오다니, 나는 놀라지 않을 수 없었다. 아흔한 살은 누가 봐도 부러울 정도로 오래 산 것이지만, 이렇게 병원에 누워 모든 진료 결과가 이승에서의 마지막을 가리키고 있다면 또 꼭 그렇지만은 않은 모양이었다. 어쨌거나 남들보다 20년쯤 더 살면서 인생의 마지막이 언제 올지만을 생각하다 보면 아마도 죽음을 받아들이기가 오히려 더 어려워지는지도 모르겠다.

나는 내가 할 수 있는 최선은, 무슨 말을 했는지 못 들은 척하는 것이라고 생각했다. 그래서 환자에게 링거 주사 바늘 꽂는 일을 계속했다. 마치 그 일에 집중하느라 순간 귀머거리라도 된 척했던 것이다. JM은 바늘을 다 꽂기를 기다렸다가 내 손을 건드렸다. 그녀의 피부는 탄력이라고는 하나도 없어서 인간의 그것처럼 느껴지지 않을 정도였다. "이제 끝인가?" JM이 물었다. 그녀의 눈이 나를 향했지만 나는 아무런 표정도 짓지 않았다. "이제 나는 죽는 거지?"

JM은 알고 있었다. 나는 처음에 아무런 대답을 하지 않는 것으로 질문에 대한 암묵적 확인을 해준 것이다. 어쩌면 하루도 채 남지 않았는지도 몰랐다. 환자들을 더 많이 접하게 되면서 내가 확신하게 된 것이 있다. 생명은 호흡률이나 혈액검사처럼 수치로 나타낼 수 있는 결과가 아니라는 것이다. 또한 호흡 곤란이나 피부의 검버섯 같은 임상적 징후들도 아니다. 말하자면 일종의 어떤 기운 같은 것이다. 의사로서 그런 표현을 사용해도 되는지 모르겠지만, 특히 여성 환자들의 종양을 살펴보면서 내 확신은 더 굳어졌다.

환자에게 죽음에 대한 이런 직접적인 질문을 받아본 건 이번이 처음이었고 나는 도무지 어떻게 대응을 해야 할지 알 수가 없었다. 하긴 매일매일이 늘 새로운 도전이었고 나에게는 비장의 무기 같은 건 전혀 없었다. 마치 아무런 준비 없이 술에 취한 채 기말고사를 맞이하는 악몽이 끝없이 계속되는 것처럼.

지나칠 정도로 오래 시간을 끈 끝에 나는 그 자리를 모면하기 위해 거짓말을 해버렸다. "아닙니다. 무슨 그런 바보 같은 소리를 다 하세요!" 그냥 '아니오'라고만 한 게 아니라 '바보 같은 소리'라며 JM의 생각을 부정하고 말을 돌린 것이다. 그게 세상에서 가장 용기가 필요한 질문에 대한 내 대답이었다. JM은 나를 바라봤다. 이제 살았다는 표정 같은 건 전혀 없었다. 그래도 어렴풋이 웃음을 지으며 내 대답에 고개를 끄덕이는 척을 해줬다. 그러고는 천천히 머리를 뒤로 기대며 천장 쪽을 바라봤다. 마치 자신이 밤하늘의 별들 가운데 있다고 상상하는 것처럼. 일단 그렇게 시선을 피하게 되자, 나는 뭐라 뭐라 양해를 구하고는 서둘러 그 자리를 빠져나왔다.*

나는 내가 지금까지 한 번도 환자들과 죽음에 대해 실제로 이야기를 나눠본 적이 없다는 사실을 깨달았다. 물론 환자의 가족들이나 동료들과는 많은 이야기를 나눴지만 정작 환자 본인과는 그러지 못했다. 남은 근무시간을 채우면서 나는 내가 아까 뭐라고 했었어야 했나 계속해서 생각하고 또 생각했다. JM이 원했던 건 아주 정직하고, 또 있는 그대로 자신이 이미 알고 있는 사실을 확인해줄 수 있는 그런 사람이 아니었을까. 아흔한 살의 그녀는 그럴 만한 충분한 자격이 있었지만 나는 진실을 말하는 것이 너무나 두려웠다.

---

* 이른바 통증 완화 치료 전문가인 캐스린 매닉스 박사는 자신의 저서《늘 마지막이라는 마음으로With the End in Mind》에서 이 주제에 대해 대단히 아름답고도 강렬한 문체로 소개를 한 바 있다. 단지 의료계 종사자들뿐만 아니라 우리들 모두가 죽음에 대해 이야기할 때는 두려움 없이 정직해져야 할 필요가 있는 것이 아닐까.

그래서 그녀에게 실망만을 안겨주고 말았다.

언젠가 나에게도 그런 날이 다가와 나를 담당한 의사에게 같은 질문을 던질 수 있게 된다면 나 역시 정직한 답을 원할 것이다. 그리고 병원에 들어올 수 있는 가장 큰 보드카를 가져와 링거 주사와 연결시켜주기를 바랄 것이다.

근무를 끝낸 나는 다시 무거운 발걸음을 이끌고 JM의 병실로 향했다. 그리고 가는 내내 이번에는 제대로 말할 수 있도록 스스로를 다독였다. "꼭 그렇게 해야만 해. 넌 그녀에게 빚을 지고 있는 거나 마찬가지야." 그렇지만 부끄럽게도 나는 그렇게 하지 않게 됐으면 하고 마음속으로 바라고 있었다.

병실에 가보니 침대는 비어 있었다. 원했던 대로 나는 그렇게 하지 않아도 됐다.

세 번째 크리스마스

루돌프야! 그리고 다른 순록들아!
어서 빨리 어떻게 좀 해보렴!
어서 나를 좀 구해다오.
나 지금 토할 것 같단다.

TWAS THE NIGHTSHIFT BEFORE CHRISTMAS

2006년 11월 20일 월요일 ___ 핑곗거리 만들기

크리스마스 연휴 근무시간표가 이메일로 전송됐다. 그리고…… 메리 크리스마스! 나는 또 일을 하게 생겼다.

동료들은 하루 종일 나를 안쓰럽다는 듯 쳐다봤다. 시니어 인턴 도널드는 내 등을 토닥여줬다. "그냥 재수가 없었다고 생각해." 내가 괜찮다고 막 말을 하려는데 도널드가 먼저 말을 이었다. "엄마가 막 돌아가시려고 해서 말이지. 어쩌면 이번이 엄마와 보낼 수 있는 마지막 크리스마스가 될지도 몰라."

"어? 아, 이런 정말 미안해. 그런 줄은 몰랐어. 내가 뭐 근무를 바꾸자는 건 아니었고……"

"아니, 아니야. 그냥 내가 생각해본 건데…… 병원 측에 그렇게 핑계를 대보면 어떻겠느냐는 거지."

2006년 12월 19일 화요일 ___ 다른 노래 없을까

환자 FJ가 움찔했다. 나는 라디오에서 이제 듣기도 지긋지긋한 옛날 크리스마스 음악들을 들으며 산모의 출산을 돕고 있었다. 추억의 명가수 조니 마티스와 함께 두 번째로 아기를 끌어당기자 아기가 거의 세상으로 나오려고 했다. 우리는 이 극적인 순간을 맞이해 모두 숨을 죽였다.

FJ가 갑자기 라디오를 향해 소리를 냅다 질렀다.

"조니, 그건 아니야! 우리 아기가 태어나려고 하는데 좀 다른 노래를 불러보라고."

2006년 12월 22일 금요일 ___ 점잖은 의사 선생

오늘은 자선단체에 5파운드씩 기부하고 크리스마스 분위기가 나는 옷을 입고 출근하는 날이었다. 그랬더니 대부분 스웨터 비슷한 걸 걸치고 오는 바람에 사방에 정전기가 일어나는 것 같았다. 한 걸음 안으로 다가기만 하면 모두들 인간 발전기라도 된 것처럼 지지직거리는 소리가 났다. 나는 옷장에 크리스마스에 걸칠 만한 건 이것밖에 없다는 걸 보여주기라도 하듯 문제의 그 노래가 나오는 루돌프 넥타이를 매고 갔다.

병동 회진이 시작됐다. 나는 실수로 루돌프 코를 눌러 지긋지긋한 〈징글벨〉이 울려 퍼지기라도 하면 그 즉시 음악을 끄기 위해 두 손을 가슴 가까이 가지런히 모으고 움직였다. 의사인지 불자佛者인지 모를 정신 나간 놈이 합장이라도 하고 있는 것처럼 보이기도 했지만 정작 사람들의 관심을 끈 건 내가 아니었다.

"이런 거 물어봐도 될까 모르겠네." 레지스트라 마브가 발자크에게 말을 걸었다. "그 스웨터에 그려진 순록들 말인데, 그러니까…… 그거 좀 이상하지 않아?"

발자크는 자신의 스웨터를 내려다봤다. 녹색 바탕 위에 위아래로 눈송이들이 수놓아져 있었고 그 사이에 순록이 세 마리 있었다. 가운데 있는 순록이 긴가민가하지만 어쨌든 알아볼 수는 있을 정도로 오른쪽 순록 위에 올라타고 있었고, 왼쪽의 더 작은 순록이 그런 둘을 감싸 안고 있었다. 사람 살리는 점잖은 의사 선생이 입기에는 어쨌든 평범한 모양새는 아니었다.

"어머, 이런." 발자크가 말했다. "젠장, 정말 그러네. 정말 그렇게 보이지?" 발자크는 크리스마스를 위해 캠든 마켓 Camden Market에 갔다가 어느 가판대에서 그 스웨터를 발견했다고 했다. 그냥 모양이 재미있다고 생각해서 샀다고 했지만 루돌프의 빨간 코가 얼마나 흥분으로 벌겋게 달아올라 있었는지까지는 미처 알아보지 못한 모양이었다.

"옷 갈아입을 때까지 기다려줄까?" 마브가 물었다.

하지만 발자크는 이미 그의 말에 관심이 없었다. "다음은 어디지? 8번 병실?"

2006년 12월 23일 토요일 ___ 도움되는 일

크리스마스 연휴 기간 동안 병원에서 일을 하는 게 너무 우울해서인지, 환자들의 기분에 대해서는 쉽사리 잊어버리게 된다. 환자들이야말로 최악일 텐데 말이다. 그래서 연휴 기간 동안 적어도 자기 몸을 스스로 움직일 수 있는 환자가 있다면 잠시 집에 다녀오게 해주기 위해 모두들 힘을 모으는 것이다. 집에 갈 수 있는 환자들은 예수 그리스도와 함께 기적이라도 본 듯 침대에서 벌떡 일어선다. 그러고는 맞아야 하는 치료약이나 항생제를 집에 가져가서 먹을 수 있는 걸로 바꿔 받아들고, 잠시나마 사랑하는 가족의 따뜻한 품으로 돌아간다. 그렇게 뜻하지 않은 휴가를 받아 돌아가는 환자들의 손목에는 병원에서 끼워주는 인식표 팔찌 자국이 여전히 선명하게 남아 있다. 그 때문에 집으로 돌아가서도 음주가무에는 끼지 못하고, 음식을 차려내거나 청소를 한다. 또 때로는 게임기를 기대했지만 책을 선물로 받은 우울한 아이들을 위로해주기도 한다.

환자 BC는 올해 일흔두 살로 수술 후에도 집에 돌아갈 수 있을 만큼 예후가 좋았다. 나는 참가자들에게 승용차나 호화 여행권 등의 상품을 소개하고 전달하는 퀴즈 프로그램의 진행자라도 된 듯 아주 기꺼운 마음으로 병실을 돌아다니며 예상치 못한 휴가라는 기쁜 소식을 전하고 다녔다. 그런데 BC에게 가보니 다른 사람들과 달리 얼굴빛이 그다지 밝지 못했다. 그녀는 그저 "알았다"고만 짧게 대꾸하고 고개를 돌렸다.

나는 잠시 망설였다.

"어…… 그런데 봉합된 부분이 조금 부은 것 같네요." 사실은 그렇지 않았지만 나는 애써 연기를 하며 이렇게 말했다. BC가 나를 다시 돌아봤다. "그래서 말인데, 앞으로 며칠 더 두고 봐야 할지도 모르겠는데요."

BC는 한껏 기분이 밝아진 것 같았다. 이건 보통 환자에게 검사 결과가 지극히 정상이라고 전해줬을 때나 볼 수 있는 그런 반응이었다. 나는 도대체 집에 무슨 문제가 있기에 여기 병원에 머무는 게 더 나은 것처럼 행동하는지 감히 물어볼 수는 없었다. 다만 최소한 여기 있으면 우리가 그녀에게 따뜻한 병실과 몇 사람의 말동무, 그리고 식사는 제공해줄 수 있다는 건 분명했다. 가족들이 휴가를 즐기기 위해 집안의 노약자나 병자를 억지로 구실을 만들어 잠시 병원에 떠넘기는 것과는 또 완전히 다른 모습이었다. 하지만 나는 오늘 하루 종일 내가 한 일 가운데 환자에게 실제로 가장 도움이 되는 일이 아니었나 생각했다.

2006년 12월 24일 일요일 ___ 녹색 인간

"이거 뭔지 알아볼 수 있겠어?" 소아과 시니어 인턴들 중 하나가 책상 위 여러 잡다한 물건들 사이에서 자신의 휴대전화를 집어 들고는 사진 한 장을 보여줬다. 네 살쯤 돼 보이는 어린아이였는데 얼굴이 녹색이었다. 그게 '안색이 창백하다'는 그런 수준이 아니라 정말로 무슨 영화 속 외계인 정도의 수준이었다. '혹시 이 애 아빠가 녹색 괴물 헐크? 그 아버지에 그 아들이라고 이 애도 갑자기 화가 나서 변신이라도 한 건가?'

정답: 아이는 엄마의 새 귀걸이를 분해해 거기서 나온 LED 전구를 자기 콧구멍 속에 밀어 넣은 것이었다. 크리스마스라면 당연히 빨간색이 더 잘 어울린다는 사실을 미처 알아차리지 못했던 탓이다.

2006년 12월 25일 월요일 ___ 더 뜨거운 장면

갖은 애를 다 썼건만, 3연속 기록을 세우게 됐다. 3년 연속으로 크리스마스를 가족이 아닌 환자들과 함께 보내게 된 것이다. 어떻게 해서든지 동료들과 근무시간을 바꿔보려 던 나의 노력은 물거품이 돼 사라졌다. 도대체 나는 동료들 이 무슨 대답을 해주기를 기대했던 것일까. "그러지 뭐. 남 편이랑 천사 같은 우리 애들이랑, 몇 개월 동안 손꼽아왔던 계획 같은 거 다 엎어버리면 어때. 그래, 그 대신 산모들 양 수를 뒤집어쓰면서 크리스마스를 보내지 뭐." 이렇게 기대 했었나?

H는 모든 걸 다 이해한다는 듯 이 소식을 담담하게 받아 들이는 것 같았다. 하지만 나는 집에 왔을 때 혹시 신발장에 있는 내 신발들을 전부다 냄비 속에 처박지는 않았을까 경 계심을 늦출 수 없었다.

그나마 기분을 달래줄 만한 소식도 들려왔다. 조산원 중 한 사람인 몰리가 응급실 간호사인 페트르와 사귀게 됐다 는 소식이었다. 그건 마치 어느 유명 인사들이 서로 사귀게 됐다는 소식을 들었을 때와 비슷했다. 우리는 두 사람이 파 스타를 삶고 장을 보러 가고 또 사랑도 나누고 그러다 다투 고…… 어쩌고저쩌고하는 모습들을 마음껏 상상했다. 그렇 게 상상 속에서 이리 썹고 저리 썹고 하다가 두 사람이 참 잘 어울리네, 하고 마음대로 결론을 내렸다.

두 사람이 실제로 사귀기 시작한 건 벌써 몇 개월쯤 된 모양이지만, 두 사람 모두 절대 그 사실에 대해 입을 열지 않았다. 다만 두 사람이 오늘 함께 근무하는 날이고, 페트르가 산부인과 병동이 다 들썩거릴 정도로 부산을 떨며 두 사람만의 크리스마스 정찬을 준비해 몰리를 깜짝 놀래주는 바람에 우리도 겨우 그 사실을 눈치챌 수 있었다. 지난밤 정성스럽게 준비해 밀폐 용기에 담아온 요리들이 지금 병동 전자레인지 안에서 빙글빙글 돌아가고 있었다. 페트르는 심지어 조산원들을 관리하는 손드라까지 자기편으로 끌어들였는데, 손드라는 몰리에게 휴식 시간을 주고 나머지 사람들은 모두 다 휴게실에서 몰아냈다. 덕분에 두 사람은 둘만의 오붓한 시간을 보낼 수 있게 됐고, 손드라는 멋들어지게 주름이 잡힌 파란색 식탁보까지 손수 깔아주며 분위기를 더욱 달아오르게 해줬다.

나머지 우리들은 휴게실 문 밖으로 새어나오는 소리를 듣기 위해 몇 번이고 복도를 왔다 갔다 했다. 적어도 겉으로 보기에 그건, 미식가들이 소문을 듣고 곧 달려올 만한 멋들어진 크리스마스 정찬은 아니었다. 전자레인지로 데운 구운 감자와 말라비틀어져버린 칠면조 구이, 그리고 차갑게 식어버린 고깃국을 30분밖에 되지 않는 점심시간 동안 먹어치

워야 한다는 건 모르는 사람이 보기엔 욕 들어먹기 딱 알맞은 상황일지도 모른다. 그렇지만 실제로 로맨틱 코미디 영화에서나 볼 수 있는 그런 달콤한 상황은 내가 일주일 내내 본 것들 중에서 가장 아름다웠다. 게다가 연인이 함께 크리스마스를 보내는 모습은 그야말로 내 질투심을 불러일으키기에 충분했다.

호출을 받고 나는 환자 NW를 보기 위해 그 자리를 떠났다. NW는 임신 38주차였는데 태아의 움직임이 조금 의심스러워 병원에 입원했다. 엄마들은 배 속의 태아에게 무슨 문제라도 생기면 금세 알아차린다. 산모와 태아는 탯줄 이상의 그 무엇인가로 서로 연결돼 있으며 거의 영혼의 짝이라고 해도 마찬가지다. 그리고 이런 산모의 예감을 무시하는 산부인과 의사는 의사로서의 자격이 없다. 물론 대부분의 다른 병동에서는 사정이 크게 다르다. 환자가 미친 듯이 인터넷을 검색해서 멋대로 내린 결론을 들고 병원을 찾아와봐야 그게 실제 진단과 일치할 확률은 거의 0퍼센트에 가까운 것이다. 태아의 움직임이 줄어든다는 건 때로는 좋지 않은 조짐이 될 수 있다. 하지만 대부분은 그냥 태아가 '이제 그만 쉬어야지'라고 생각했을 경우가 더 많으며, 산모가 차가운 물 한 잔이라도 마시면 곧 다시 움직이기 시작한다. 어쩌면 이건 산모와 태아의 머리에 동시에 차가운 물 한 바가지를 끼얹는 것과 같은 효과가 아닐까 싶다. 이런 태아의 모습은 미래 십 대 시절의 모습을 미리 보여주는 것일지도 모르며, 배 속에 있었을 때의 반응을 잘 기억해뒀다가 아이가 자라면 비슷하게 적용해보는 것도 도움이 될지 모른다.

CTG*를 보니 역시 조금 문제가 있었고 태아의 위치가 뒤집어져서 결국 제왕절개 수술이 필요할 것 같았다. "아이고, 이를 어쩌나." NW가 말했다.

나는 산모도 태아도 절대적으로 아무런 문제가 없을 거라고 장담했다. "그 이야기가 아니에요." NW가 끙끙거렸다. "집에 있는 아이도 크리스마스에 태어났다고요. 이번 아이도 크리스마스에 태어나면 사람들이 뭐라 그러겠어요? 나중에 생일이랑 크리스마스를 한 번에 싸게 해치우려고 일부러 그렇게 했다고 하지 않겠어요?"

병실을 나온 나는 페트르와 몰리가 위대한 영국의 공공 의료 복지 제도를 위해 또다시 일곱 시간을 투신하기 전에

---

* CTG는 태아 태동 검사나 그 검사 결과를 의미하며, 검사를 할 경우 태아의 심박동 수와 산모 자궁의 수축 상황이 실시간으로 검사 기계에 찍혀서 나온다.

서로 뜨거운 포옹을 나누는 장면을 목격했다. 적어도 나에게는 두 사람은 잘 어울리는 한 쌍이었다. 물론 마음속으로는 은근히 더 뜨거운 장면을 기대했었는지도 모르겠지만.

2006년 12월 27일 수요일 ___ 마약의 정체

어느 환자의 열 살 먹은 아들이 엄마가 진료 차례를 기다리는 동안 말없이 옆에 앉아 노트북을 보며 이리저리 자판을 두드리고 있었다. 아마도 크리스마스 선물이겠거니 생각했다. 신경을 긁는 삑삑거리는 소리가 쉴 새 없이 들려오자 나는 저걸 뺏어다 어디 병원의 직원 휴게실 같은 곳에 기부라도 하는 게 좋겠다는 생각이 들기 시작했다. 병원에서 본 어떤 컴퓨터보다도 스무 배쯤은 성능이 더 좋아 보이는 그런 노트북이었던 것이다. 마치 최신 천체 망원경과 문방구에서 파는 싸구려 플라스틱 망원경과의 차이쯤으로 보일 정도였으니까.

삑. 삑. 삑. '그래도 저 아이가 무슨 북이라도 치고 있지 않은 게 다행인가?' 이렇게 생각하며 나도 모르게 쓴웃음을 짓고 있는데, 그 모습을 본 아이 엄마가 내가 그저 자기 아들을 귀엽게 봐준다고 착각이라도 했는지 이렇게 말했다.

"우리 아이는 정말 마약에 푹 빠져 있다니까요." '응? 마약?' 그 순간 눈앞에 갑자기 날뛰기 시작하는 아이와 아동보호국 직원들의 모습이 그려졌다. '설마 남은 근무시간 동안이 일 때문에 시달려야 하는 건 아니겠지?' 내 얼굴이 갑자기 일그러진 걸 본 아이 엄마는 다시 이렇게 말했다. "우리 아이가 저 컴퓨터라는 마약에 정말 푹 빠져 있다고요."

2006년 12월 28일 목요일 ___ 빌어먹을 녀석들

중독의 개념을 어떻게 정의해야 할까. 너무나 많은 사람들이 중독 현상이라고밖에 할 수 없는 그런 일들을 하고 있지만, 이미 그렇게 마음이 사로잡혀버려 이성적으로 사고할수 없는 사람들에게 이성적인 사고 과정을 적용하기란 쉽지 않은 노릇이다.

병원에서도 그런 모습은 흔히 찾아볼 수 있다. 흡연으로 발생한 폐기종으로 서서히 죽어가고 있는 어떤 환자가 병원 주차장에 휠체어를 타고 나가 몸을 벌벌 떨면서 담배를 피우고 있는 모습을 본 적이 있다. 그의 옆에는 담배와 호흡을 돕는 산소통이 함께 있었다. 이미 직장과 가족을 잃은 어느 알코올 중독자에게 의사들은 회복 불가능한 간경화 일보 직전까지 와 있다고 경고를 하고는 일단 퇴원을 시켰지만, 병원을 나선 그는 집에 도착하기도 전에 퇴원을 자축하며 술집에 먼저 들렀다.

그리고 여기 환자 KM이 있다. KM은 육십 대의 노부인으로 감을 너무 많이 먹다가 하마터면 죽을 뻔했다. 외과 병동에서는 폐경 후 출혈과 관련해서 내게 진료 요청을 해왔고, 나는 환자를 보러가기 전에 과거의 진료 기록을 검토했다. 이런 기록은 물론 수정이나 실수를 감안해 한 번 더 자세히 보아둬야 한다.

한 10년 전쯤 KM은 위암으로 위절제술*을 받았고, 지금

---

* '절제切除'라는 말이 붙으면 외과 수술을 통해 제거를 한다는 뜻이다. 따라서 위를 제거하면 위절제술이요, 정관을 제거하면 정관절제술인데 NHS가 아니라 개인 병원을 이용하면 지갑 속 현금이 제거된다.

은 소화가 불가능한 특정 음식들을 피하며 엄격한 식이요법을 따라야 하는 환자다. 그중에서도 특히 피해야 하는 음식은 감이었는데, 감은 사과처럼 영국에서 흔히 볼 수 있는 과일이 아니라서 아마도 크게 걱정하지는 않아도 될 것 같다는 판단이었다.

KM은 어린 시절을 몰타Malta에서 보냈으며 크리스마스만 되면 항상 감을 식탁에 올리는 것이 가족의 전통이었다. 그리고 이건 의사의 위협과 상관없이 그녀가 쉽게 포기할 수 있는 그런 전통이 아니었다. (왜 그게 전통이 됐는지는 아무도 알지 못했다. 나도 알아보려고 했지만 남의 개인적인 가정사에 대해 많은 이야기가 오고갈 수는 없었다. 그건 그냥 집 앞에 무슨 모양의 깔개를 깔지 결정하는 것처럼 건강이나 맛에 대한 취향의 문제가 아니었을까. 그렇다고는 하지만 제과회사에서 머지않은 장래에 무슨 감 모양이나 감 맛이 나는 과자 같은 걸 고민할 필요는 없다는 게 내 생각이다.) 그녀도 의사의 위협이 쉽게 넘겨버릴 수 있는 사실이 아니라는 걸 잘 알고 있었다. 이 빌어먹을 조그만 녀석들 때문에 KM은 다섯 번의 크리스마스를 통해 다섯 차례나 장폐색 진단을 받았다. 그녀의 대장은 그 안에 마치 무슨 시멘트로 만든 담이라도 생긴 듯 막혀버렸고 덕분에 세 번은 개복수술을 받아야만 했다. 지난주에 그 세 번째 수술이 있었고, 담당 의사는 굳어버린 치약을 짜내듯 그녀의 배를 가르고 대장에서 감위석(diospyrobezoar)*을 짜내야만 했다.

"그게 없으면 크리스마스가 아니지." KM은 그렇게 말했지만 나는 그게 감 이야기인지, 아니면 매년 걸리는 장폐색 이야기인지 정확히 알 수 없었다.

2006년 12월 29일 금요일 ___ 가슴 아픈 이야기

크리스마스를 '완전한 휴가'라고 보는 관점은 의료계와는 실제로 전혀 상관이 없다. 아기들은 내가 미리 세워둔, 진탕 먹고 마실 계획 같은 건 신경 쓰지 않는다. 그리고 의료계에서 일어나는 응급 상황은 평소에 아무리 계획을 세우고 대

---

* 장 속에 소화가 안 된 감 찌꺼기가 뭉쳐서 만들어진 위석을 감위석이라고 부른다. 감을 가지고 이렇게 전문 의료 용어가 만들어져 있다는 사실이 믿어지는가? 이렇게 예상외로 배우고 외울게 많으니 의과대학 공부가 길고 힘든 건 너무도 당연한 일이다.

비를 해둔다고 해서 그 발생 빈도가 그리 쉽게 줄어들지 않는 것이다.

데브러 교수가 짜놓은 임신 중절 수술 일정은 너무 빡빡해서 눈이 휘둥그레질 정도였다. 오늘부터 나는 데브러 교수와 함께 수술에 참여하는데, 우선 제일 먼저 환자 SH가 있었다. 그녀의 슬픈 개인사는 정말 믿기지가 않아서 그야말로 어디 도덕 교과서에라도 실어줘야 하는 게 아닌가 하는 생각이 들 정도였다. 스물한 살의 SH는 심장 질환이 있어서 임신이 출산으로까지 이어진다면 본인의 생명이 위험할 수 있었다. 임신 15주차에 그녀의 심장은 이미 심각할 정도로 기능이 떨어져 있었으며 본인이 살기 위해서는 중절 수술이라는 가슴 아픈 결단을 내려야만 했다. (임신은 신체에 엄청난 부담이 되며 간에서 폐에 이르기까지 모든 장기가 새로운 상황에 적응을 해야만 한다. 심장의 경우 임신 전보다 부담이 50퍼센트 이상 늘어나며 전신에 이전보다 훨씬 더 많은 피를 공급해야만 하는데, 모든 사람들의 심장이 이런 일을 감당할 수 있는 것도 아니다.) 그래서 세상 모든 사람들이 먹고 마시며 즐기던 크리스마스에, SH는 도무지 감당하기 힘든 결정을 내리느라 고민해야 했다. 그리고 며칠 동안 이어진 연휴를 마음껏 즐긴 사람들이 텔레비전 앞에 늘어져 있을 때 SH는 전신 마취 상태에 들어갔다.

나는 그녀의 진료 기록을 읽었고 사정을 잘 알고 있었다. 그렇지만 수술실 안에서는 그 문제에 대해서 어떤 이야기도 오가지 않았다. 데브러 교수는 마취과 전문의와 이번 크리스마스에 산타클로스로부터 최악의 근무시간을 배정받은 사람은 누구일까 같은 별로 중요하지 않은 이야기만 나눴다. 수술 준비는 하지 않고 그런 이야기를 하더니 나보고 "누구 근무시간이 최악이었지?"라고 물었다.

나는 정말로, 그리고 진심으로 이 수술에는 참가하고 싶지 않았다. 그러면서도 또한 내 감정만 생각하는 것도 너무 이기적인 것 같았다. 인생에 있어 다시는 돌이키고 싶지 않을 가장 어둡고 비참한 시간을 보내게 될 환자 옆에 서서 내 감정에 대해서만 생각하고 있는 나는 또 뭐하는 사람인가? 하지만 수술은 더 말할 나위도 없이 정말 끔찍하게 진행될 것이 틀림없었다. 이미 온갖 충격과 상처의 기억을 갖고 있는 나에게 또 한 가지 충격이 더해질 판이었다.

임신 중절 중에서 D&E는 이곳에서는 거의 행해지지 않는 수술이고 나로서도 전에는 한 번도 본 일이 없었다.[*] 내

---

[*] 대부분의 경우 임신 중절 수술은 임신 기간이 12주를 넘기 전에 실시되

가 못하겠다고 하면 데브러 교수는 뭐라고 생각할까? 주어진 수련의 기회를 마다하는 건 그리 좋은 인상을 주지 않을 것이 뻔했다. 차라리 정말 못 견딜 것 같다고 솔직하게 말할까? 그냥 지난밤에 마신 술이 아직 덜 깼다고 말하거나, 사실 의과대학에서 퇴학당했는데 지난 3년 동안 위조한 출입증을 가지고 병원을 들락날락한 것뿐이라고 말하는 게 더 쉬울 것 같기도 했다. 도대체 신경이 너무 물러서 맡은 바 소임을 제대로 할 수 없는 의사가 있다는 게 말이 되는 소리인가?

그러다 문득 이렇게 마취 전문의와 술집에서나 나눌 만한 적절치 못한 농담을 수술실에서 하는 건 이런 일을 이겨나가는 데브러 교수만의 방식일지도 모른다는 생각이 들었

며 그때는 기술적으로나 심리적으로 훨씬 더 간단하게 진행이 된다. 자궁 입구에 작은 흡입관을 밀어 넣기만 하면 되는 것이다. 그렇지만 임신 13주가 지나면 임신 중절 수술에 D&E dilatation and evacuation, 자궁 경관 확장 및 내용 흡인술가 포함된다. 이렇게 하는 경우는 대단히 드문데, 이 정도 기간에 중절을 결심하는 일도 상대적으로 흔하지 않은데다가 대부분의 경우 약물 투여를 통해 유산을 유도하기 때문이다. 그렇지만 일부 환자나 산모는 수술을 선택하는 경우도 있는데, 임신 중반기의 인공 유산이라는 감정적 충격을 겪고 싶지 않기 때문에 그렇게 하는 것이 보통이다.

다. 의사들은 집에 가서 절대로 병원에서 있었던 일을 다시 꺼내지 않는다. 함께 지내는 사람들에게 그런 말을 할 생각조차 하지 않는 것만으로 어쩌면 모든 일들을 전부 잊어버리는 데 도움이 될 수 있을지도 모르니까 말이다. 머리 위로 폭탄이 떨어져도 다른 생각을 하며 공포를 이겨내는 것과 비슷하다고나 할까.

또 어쩌면 데브러 교수는 그냥 나보다 더 신경이 단단하고 강인한 사람일지도 몰랐다. 아예 유전적으로 참을성을 타고나서 하루도 빠짐없이 이런 일들을 견뎌나가고, 그 어떤 것도 단단한 그의 갑옷을 꿰뚫지 못하는 것이 아닐까.

환자 SH가 이런 일을 견뎌낼 수 있을 만큼 용기가 있다면 최소한 의사인 나는 그런 SH 곁에 머물 수 있는 배짱이라도 챙겨야 할 것 같았다. 데브러 교수는 분명 내가 이런 드문 수술에 참가할 수 있게 된 걸 감사하게 생각하리라 기대할 것이지만, 내가 직접 하는 것보다 본인이 직접 하는 게 훨씬 더 빠르고 깔끔할 것이다. 게다가 지금 우리는 한 사람의 생명을 구하는 일을 하고 있었다. 이 수술을 제대로 해내지 못한다면 SH는 임신으로 세상을 떠날 수도 있었다. 그러니 내가 여기서 갈등하고 머뭇거릴 틈 같은 건 없었다.

차라리 그냥 내가 유난을 떨었던 것뿐이라고 말할 수 있다면 얼마나 좋을까. 처음 생각했던 것만큼 그렇게 끔찍한 일은 어디에서도 찾아볼 수 없었다고 말이다. 하지만 사실은 수술의 모든 과정이 정말 뭐라 말할 수 없을 정도로 끔찍했다.[*]

거의 야만적이라고 느껴질 만큼 커다란 금속 막대기로 자궁 경관을 넓힌다. 초음파를 사용해 내가 자궁 안으로 집어넣은 수술 도구들을 확인하는데, 그러면 내가 하고 있는 작업이 실시간으로 스크린 위에 나타난다. 손에 걸리는 걸 그대로 짓뭉갠다. 이 모든 작업을 그대로 스크린에서 볼 수 있지만, 그 과정이 그냥 몸으로 느껴지는 것이 아니라 내 영혼으로 느껴지는 듯한 그런 기분이다. 뭉개진 걸 분해한 뒤 밖으로 끄집어낸다. 의사가 되기로 결심했을 때 다른 사람들이 결코 알려주지 않는 것들이 있다. 아니, 해줄 수 없었겠지. 그랬다가는 모두 다 멀리 도망가버릴 테니까. 빨리 끝나

---

[*] 내 첫 책에는 이때의 일을 적지 않았다. 당시 나로서는 책 출간을 위한 교정을 보면서 그 일에 대한 내용을 반복해서 확인해야 하는 걸 견딜 수 없을 것 같았다. 그리고 또 독자들에게 과연 알려줄 만한 내용인지에 대한 확신도 들지 않았다. 하지만 어쨌든 의사로서의 내 경력 중에서 가장 중요했던 사건 중 하나였기 때문에 계속 마음속에 담고 있다가 이렇게 두 번째 책에 싣는다.

기만을 간절히 기도하지만 수술은 쉽게 끝나지 않는다. 다시 계속해서 무엇인가를 끄집어내고 또 끄집어낸다. 수술실에서 착용하는 마스크 덕분에 내 떨리는 입술을 감출 수 있어서 얼마나 다행인지 모른다. 데브러 교수의 아무런 감정이 실리지 않은 냉정한 지시에 대해서는 목소리가 갈라져 나올 것 같아 그저 기계처럼 "으음"이라고밖에는 대답할 수 없다. 나는 지금 한 여자의 생명을 구하고 있다는 생각만 머릿속으로 반복하고 또 반복한다. 태반이 나온다. 찌꺼기들을 긁어내고 빨아들인다.

마침내 수술이 끝났다. 1분이 일주일처럼 느껴졌다.

나는 과거, 환자가 약물에 의한 중절 시기를 놓쳐 중절 수술을 선택하게 됐을 때 그에 따른 부담감의 일부가 환자에게서 의사 쪽으로 옮겨진다는 글을 읽은 적이 있었다. 그리고 이제 그 뜻을 이해할 수 있게 됐다. 그러다가 나와는 아무 상관없는 일임에도 불구하고, 어쨌든 일이 이렇게 된 것에 대한 죄책감이 느껴졌다. 이제 집으로 돌아가게 되면 하루나 이틀쯤 푹 쉬면서 내가 잊고 싶어 하는 또 다른 기억들 사이에서 이날의 기억도 사라지도록 만들어야겠다.

나는 비틀거리며 뒤로 물러섰고 이제는 데브러 교수의 차례였다. "좋아, 다 끝났군! 이제 환자 마취를 풀어줘야지!"

교수는 마취과 의사에게 활기찬 목소리로 이렇게 말했다. 그 즐거운 듯한 목소리가 얼마나 위안이 됐는지 몰랐다. "그러면 다음은 또 누구지?"

"잠시 병동으로 돌아가 봐야 할 것 같은데요." 내가 말했다. 하지만 본심은 그게 아니었다. 나는 상쾌한 바깥 공기나, 아니면 혼자만의 조용한 시간이 필요했다. 아니, 혼자가 아니라도 좋고 조용하지 않아도 좋았다. 여기 수술실만 아니면 어디든 상관없었다.

"어, 괜찮아. 일이 있으면 그만 가보라고. 수술 기록은 내가 작성하지."

나는 앉아 있던 수술용 의자에서 몸을 일으켰다. 데브러 교수가 손을 뻗어 내 어깨를 꽉 움켜쥐었다. 그는 알고 있었던 것이다. 이건 우리만의 비밀이고 나는 그 비밀을 아는 일원이 됐다. 데브러 교수는 다시 마취과 의사 쪽을 바라보며 입을 열었다.

"오늘 퀸즈 파크 레인저스 시합이 있던가?" 그가 밝은 목소리로 이렇게 물었고, 나는 그의 표정이 한순간 완전히 뒤바뀐 것을 확인할 수 있었다.

네 번째 크리스마스

여기 사진 속에서

시뻘건 옷을 입고 있는 사람이 누군지 알아?

그거 바로 나야.

머리부터 발끝까지 태반을 뒤집어썼거든.

TWAS THE NIGHTSHIFT BEFORE CHRISTMAS

2007년 12월 19일 수요일 ___ 관계 당국의 감성

관계 당국의 높으신 분께 또 지루한 공문서가 날아왔다. 그야말로 나가 죽으라는 말을 이리저리 포장해 내 책상 위에 휙 던져놓은 것이다.

오늘의 지상 명령은 뭔지 알아보기 힘든 조잡한 그림들과 문장마다 박혀 있는 수많은 마침표, 그리고 쉼표 등으로 이루어져 있었다. 사실상 협조를 바라는 것 같은 공문서의 내용은 이번 달 안에 병원의 수술복을 파란색 수술복에서 빨간색 수술복으로 바꿔 입으라는 것이었다. '오호라, 그러니까 모두들 스타벅스의 12월 한정판 테이크아웃 컵처럼 변신하라는 거구나! 그것 참 재미있겠다! 이러다가는 어쩌면 수술용 모자도 하얀 테두리와 술이 달려 있는 시뻘건 산타 클로스 모자로 바꿔 쓰라고 그러겠네? 그리고 신발도 요정 들이 신는 앞이 뾰족한 신발로 바꾸고 말이지? 이왕 하는 김에 호출기 소리도 신경을 긁는 삑삑 소리 말고 크리스마 스캐럴로 바꾸면 어떨까?' 나는 아무리 생각해도 관계 당국 의 감성을 따라가지 못할 것 같았다.

스타벅스 컵과는 달리, 단지 12월과 크리스마스 연휴만 을 겨냥한 지시 사항이 아니라 앞으로는 계속해서 빨간색 수술복만 입으라는 내용이었다. 그렇게 되면 아마 정신이 나간 사람들처럼 1년 365일이 크리스마스인 줄 알고 축하 하고 있는 모습으로 보이게 될지도 몰랐다. 얼마 지나지 않 아 병원에 퍼진 소문에 따르면, 수술복 교체는 무슨 연휴나 외관상의 문제가 아니라 재정적인 이유 때문이라고 했다.

나로서는 수술복이 파란색이나 녹색인 편이 더 좋았다. 다른 어떤 색보다도 그 편이 한눈에 '의학 전문직'임을 알 아볼 수 있게 만들어주기 때문이었다. 세인트 아가타St Agatha 병원에서 가운 색깔로 각각의 직종을 구분한 적이 있었다 고 한다. 예컨대 주황색은 마취과 의사, 회색은 조산원, 자주 색은 산부인과 의사라는 식이었다. 응급 상황이 발생해 각

부서의 의료진들이 한자리에 모이면 분명 어디서 무슨 마블의 어벤져스라도 불러 모은 것 같은 모습이었을 것이다.

그런데 어째서 빨간색 수술복이 병원의 재정 문제에 대한 해결책이 될 수 있단 말인가?* 빨간색으로 옷감을 염색하는 게 그렇게 싸게 먹히나? 아니면 빨간색을 상징으로 하는 버진 그룹의 후원이라도 받게 된 걸까? 문제는 빨간색 수술복에는 피가 묻어도 그리 눈에 띄지 않는다는 것이다. 따라서

---

* 수술복은 가격이 그리 저렴하지 않으며 병원에서 언제 어느 때나, 그것도 종종 눈 깜짝할 사이에 일어날 수 있는 모든 일들에 견뎌낼 수 있어야 한다. 병원 수술복은 굉장히 질이 좋은 면으로 만들어져 있고, 바느질도 대단히 꼼꼼하고 튼튼하게 돼 있다. 따라서 무슨 작은 벌레가 들고 날 수도 없다. 벌레라니 도대체 무슨 말이냐고 하겠지만, 옛날 병원 동료들에 따르면 그럴 가능성이 분명히 있다고 한다. 그런데 병원 측이 정작 부담을 느끼는 건 수술복의 가격이 아니라 세탁과 다림질, 그리고 살균 비용이다. 특히 산부인과 병동의 경우 그 비용이 만만치 않은데, 산부인과 병동 수술실에서 수술복에 아무것도 안 묻히고 나오기란 대단히 어려운 일이 아닐 수 없다. 기본적으로 말해 동물원의 돌고래 쇼를 제일 앞자리에서 관람하는 것과 비슷하다고 볼 수 있는데, 문제는 그 돌고래가 그냥 물만 끼얹는 것이 아니라 똥오줌 범벅에 몸까지 썩어 들어가고 있다는 것이다. 수술복에 지나치게 신경 쓰는 것이 아니냐고 할 수도 있겠지만, 보통 환자들은 의사를 처음 만났을 때 깔끔한 모습으로 보이길 더 바랄 것이다.

환자들이 수술복이 더러워진 걸 잘 알아차리지 못할 수도 있다는 게 윗사람들의 희망 사항이었다.

(더러워진 수술복이 너무 많이 나오기 때문에 병원 측에서는 언제나 세탁 비용을 절감할 수 있는 방법을 찾고 있다. 내가 한때 근무했던 어떤 병원에서는 자판기 비슷한 장치를 시험 삼아 설치해보기도 했다. 탈의실마다 설치된 이 자판기에 본인이 지급받은 카드를 긁으면 새 수술복 상하의가 튀어나오는 것이다. 언뜻 들으면 대단히 그럴듯해 보이지만 원하는 물건을 깜짝 놀랄 만큼 빠르게 뱉어내는 일반적인 자판기와는 달리, 이 기계장치는 아주 느긋하기 이를 데 없었다. 그게 마치 옛날 잉크젯 프린터로 성경책 한 권을 뽑아내는 것과 비슷한 수준이라 산부인과 병동 같은 곳에서는 제 몫을 할 수가 없었다. 의료진들 모두에게는 예의 그 카드가 지급됐고 각자 하루에 세 번 사용할 수 있었다. 그 '하루'란 밤 12시가 기준이었는데 야간 근무자의 경우는 12시 전에 세 번, 그리고 12시 이후에 세 번을 사용할 수 있으니 근무시간만 제대로 돌아간다면 실제로는 충분한 분량이었다. 주간 근무자의 경우는 그 세 번이 부족할 수도 있고 해서, 우리는 곧 장치의 허점을 이용해 수술복을 챙겨두는 법을 배웠다. 예컨대 수술복이 필요 없는 날에도 세 번을 꽉 채워 수술복을 뽑아다가는 언젠가 필요할 때 먹으려고 챙겨두는 비상식량처럼 이 전리품을 감춰두곤 했던 것이다.)

2007년 12월 21일 금요일 ___ 악마 같은 장치

직접 음성을 인식해 작동하는 비상 연락 장치가 마련됐다. 그 후부터 내 호출기는 아주 조용해졌다. 그런데 그다음부터 필요한 사람들과 제대로 연락하는 일이 사실상 불가능해졌다.

짐작컨대, 우리 병원이 뜨르르한 상류층들이 사는 지역에 위치해 있기 때문에 소프트웨어 회사에서는 모든 직원들이 다 아는 사이여서 우아하게 고개를 끄덕이고 다닌다고 상상했던 것 같았다. 그리고 이 장치는 터무니없이 고급스럽고 거만한 목소리와 억양에만 반응하도록 프로그램이 돼 있었다. 각 병동에서는 의사들이며 간호사들이 수화기에 입을 대고는 억양을 바꿔가며 같은 말을 꿱꿱거리느라 난리도 아니었다. "수술실⋯⋯ 수수우울실⋯⋯ 수수우우우우울실." 마치 무슨 사극이라도 공연하는 대기실 같았다.

그러다가 겨우 그 악마 같은 장치가 우리가 하는 말을 알아듣게 되었나 싶으면 어김없이 엉뚱한 곳을 연결해주기 일쑤였다. 오늘만 해도 이걸 가지고 방사선과를 호출하느니 차라리 종이컵과 실을 연결해 통화하는 게 더 효과적이라는 생각이 들 정도였으니까.

"방사선과."

"병리과로 연결합니다. 아니면 취소라고 말해주세요."

"취소!"

"치과로 연결합니다."

2007년 12월 23일 일요일 ___ 멍청한 자식

인간의 몸은 격렬한 운동을 한 후 바로 휴식으로 들어가
면 그다지 좋지 않기 때문에 적당한 마무리 운동을 해주는
것이 좋다. 마찬가지로 우리들도 힘든 야간 근무를 마치고
나면 뒤이어 조금 수월한 주간 근무를 맡게 된다. 다만 오늘
은 내가 좀 좋은 일을 할 예정이다. 오늘 밤 근무 예정인 한
시니어 인턴이 할아버지가 세상을 떠났는데 특별 휴가를
얻지 못했다. 아마도 직계 가족이 사망했을 때만 그런 휴가
가 허용이 되는 것 같았다. 이런 식으로 카드놀이의 등급처
럼 자신의 가장 가깝고 사랑하는 친척이 어느 정도의 가치
를 인정받는지 알려주다니, 이 얼마나 황당한 일인가. 어쨌
든 특별 휴가 신청이 거부된 것도 모자라 이 시니어 인턴은

통상적인 연차 휴가조차 쓸 수가 없었다. '이런 연휴 기간에 사정을 미리 설명하지 않았기 때문'이었다.

"알고 있겠지만 이게 일반적인 규정이라서." 이것이 인사과의 기본 방침이었다. 이런 고약한 행동을 기준 없이 불시에 하는 것은 안 되며, 규칙에 따라 일괄적으로 실행해야 한다는 것이었다. 그래도 달리 생각하면 이번은 상대적으로 후하게 봐준 건지도 몰랐다. 우리 병원 인사과는 과거 이런 일이 있었을 때 사망진단서를 먼저 제출하라고 했던 적도 있었다고 한다. 게다가 남편이나 아내가 중환자실에 긴급 후송되는 경우도 안 되고, 적어도 사망을 해야 겨우 이삼 일간의 휴가를 줬다는 것이었다.

인사과가 어떤 식으로 나오든 친할아버지의 장례식에 참석하지 못한다는 건 있을 수 없는 일이었기에, 우리는 이 시니어 인턴을 어떻게든 돕기로 했다. 서로 합심해서 근무를 조금씩 대신해주기로 한 것이다. 그래서 나는 여섯 시간을 더 근무해야 했고, 야간 담당 레지스트라 한 사람이 여섯 시간 일찍 나와 근무해주기로 했다. 그래봐야 그 시니어 인턴은 겨우 한나절 정도 애도를 표하며 가족들과 서로 위로할 수 있게 되는 것뿐이었지만. 그래도 아예 참석 못 하는 것보다는 나았다. 상부에서 자신들의 융통성 없는 원칙만을 내

세우는 건 참으로 우울한 일이다. 그러면서도 정작 일반 직원들을 보호해줄 수 있는 규정이나 규칙에 대해서는 필요할 때마다 항상 당연하다는 듯 무시해버리고 만다.

하지만 뭐 괜찮다. 급여에 맞지 않는 일이라도, 아니 아예 공짜로 해주는 일이라도 오늘만큼은 기분이 좋았다! 같이 근무를 하게 된 레지스트라가 출근했고 우리는 둘 다 각자 맡은 일들을 했다. 서로 잘 모르는 사이였기에, 나는 예의상 내가 환자를 입원시킬 때 보고를 하는 형식을 취했으며, 함께 두 건의 제왕절개 수술을 처리하기도 했다. 그러면서 나는 괜히 근무를 하는 데 혼란을 주기 싫어서 나도 레지스트라 1년차라는 말은 하지 않았다.

마침내 근무시간이 끝나 서로 작별 인사를 하게 됐을 때, 그 레지스트라는 나를 슬쩍 옆으로 데리고 가더니 시니어 인턴치고는 아주 뛰어나다고 말했다.

"그렇지만 마치 벌써 레지스트라라도 된 것처럼 구는 것에 대해서는 좀 생각을 해보라고." 그렇게 말하는 표정은 큰 은혜나 베푸는 것처럼 아주 건방졌다. 마치 자기 집 한 살짜리 아이가 얼마나 영리한지를 자랑하는 누군가를 떠올리게 만들었다. "그런 일은 6개월 뒤쯤에나 하란 말이지." 그가 또 이렇게 덧붙였다.

그래, 고맙다. 그리고 크리스마스 잘 보내라, 이 멍청한 자식아.

2007년 12월 24일 월요일 ___ 다용도 초코바 포장

환자 HL은 성관계 후 출혈 증상으로 병원을 찾았다. 안쪽을 살펴보니 사방이 조금씩 다…… 살갗이 벗겨져 있었다. 분명 전후 사정을 정확히 설명하지 않은 부분이 있는 것 같았다. '그녀의 남자 친구는 혹시 무슨 영화에 나오는 온몸이 돌로 만들어진 그런 사나이인가.'

정확한 사정을 들어보니 어디에서도 콘돔을 찾을 수가 없던 두 남녀는 과자 선물 종합세트 상자 안을 뒤졌고, 초코바 포장을 찾아 콘돔 대신 쓰기로 했다. '먹고, 쉬고, 즐겨라'라는 과자 회사의 광고 문구 중에서 '즐겨라'라는 부분을 충실하게 따른 것이다. 인간의 성욕은 이따금 이렇게 모든 상식과 균형 감각을 넘어서는 것처럼 보인다. 그렇기 때문에 사람들은 비행기 화장실 안에서 관계를 갖기도 하며 후추통을 사용해 자위도 하는 것이다.

다행히도 환자 HL의 경우는 봉합을 하거나 상처를 감싸 줄 필요는 전혀 없었다.* 나는 그녀에게 앞으로는 좀 덜 거친 피임 방법을 찾아보라고 권했다. 그리고 또 상처가 완전히 나을 때까지는 성관계도 잠시 쉬라고 했다. 물론 다른 초코바 포장을 찾아보라는 말은 절대 아니었다.

2007년 12월 25일 화요일 ___ 크리스마스 정신

엿 같은 날이 또 돌아왔다. 4년 연속 나는 크리스마스에 근무를 하게 됐다. 그런데 더 기분이 우울한 건 이제는 그게 아무렇지도 않게 느껴진다는 거였다. 마치 분재盆栽를 할 때

---

* 보이스카우트 활동을 했던 사람이라면 다 알겠지만, 상처가 나고 피가 흐를 때 제일 먼저 하는 일은 상처 부위를 압박하는 것이다. 보이스카우트에게 여자의 질이나 자궁을 예로 드는 일은 없겠지만, 어쨌든 이건 그런 쪽 상처에도 똑같이 적용된다. 상처 치료용 거즈로 상처 부위를 '감싸' 압박하는 효과를 내는 것이다.

틀을 잡아주면 나무가 그대로 자라듯 그냥 그런 일상이 돼버렸다. 그렇게 일상 같은 크리스마스인데도 아침 7시에 일어나 졸린 눈을 비비고 선물을 주고받으며 차려진 밥을 허겁지겁 먹었다. H는 내가 그 와중에도 시계에서 눈을 떼지 못하는 걸 그저 모른 척했다.

올해 크리스마스 근무가 결정됐을 때 나는 별다른 불만을 토로하지 않았다. 이건 그저 일상의 업무일 뿐이고 내가 안 하더라도 다른 누군가가 꼭 해야만 했다. 어쩌면 이건 모든 의사들이 안 그런 척하면서 마음속에 품고 있는 영웅 콤플렉스를 자극하는 것일지도 모른다. 허리춤에 호출기를 찬 병원의 영웅들. 거기에 우리 인간이라는 생물은 이기적인 척해도 선한 행동을 보면 자기도 모르게 따라하도록 유전자에 새겨져 있는 것 같다. 예컨대 기부금 모금 방송을 보고 전화를 걸어 기부를 하거나 아이가 떨어트린 장난감을 주워 돌려주는 일 같은 것 말이다. 나의 행동이 천국의 장부든 지옥의 장부든 어디에도 제대로 기록이 되지 않는다 해도, 내가 무엇인가를 했다는 사실은 변하지 않는다. 그런데 이렇게 병원에서 이타심을 발휘할수록 얄궂게도 다른 곳에서 나는 더 이기적인 사람이 돼간다. 이미 똑같은 문제에 대해 가능한 모든 해결책을 서로 의논해봤기에 이제는 아무 말도 하지 않고 입을 꾹 다문 H를 나는 모르는 척 내버려뒀다. 가족의 경우는 반대로, 왜 크리스마스에 집에 오지 않느냐는 이야기를 지치지도 않고 반복하기에 또 그냥 모르는 척 포기하고 내버려뒀다. 아마 내가 세상을 떠난 후에도 가족들이라면 어떻게든 꼭 방법을 찾아 과거에 내가 저질렀던 이기적인 행동들을 씹고 또 씹을지도 모르겠다.

오늘은 엄마에게 이런 문자가 왔다. '적어도 1년에 한 번은 너를 봤으면 좋겠구나.' 이런 문자 공격을 받으니, 죄책감이 느껴진다. 나는 요즘 들어 그냥 내가 크리스마스를 축하하지 않는 수많은 무리들 중 하나라는 생각을 한다. 바리새인들도, 식탁에 오르는 칠면조도, 크리스마스라면 질색하지 않을까.

차를 몰고 출근을 하는데 라디오에서 진행자가 크리스마스에도 일을 하는 사람들에게 형식적인 감사의 말을 건넸다. 나는 공감의 표시로 경적을 울리려다가 그럴 만한 상황이 아니라는 걸 깨닫고 그만뒀다. 그리고 오늘 같은 날은 주차비라도 좀 면제해줘야 되지 않나 하는 생각을 했다. 물론 그런 일은 없었다.

서둘러 병동에 들어가 상황판을 확인한 나는 한숨을 내쉬었다. "8호실 환자 아직 정신과로 안 보낸 건가?"

조산원 메건이 나보다 더 크게 한숨을 쉬며 환자 신상을 적어놓은 걸 다시 한 번 보라고 일러줬다.

- 18세
- 출산하러 와서 자신은 '한 번도 남자를 경험한 적이 없다 고' 주장하며 검사 요구
- 정신과 의사에게 자기 아이는 '신의 아들'이라고 주장
- 출신지: 예수 그리스도가 자랐던 나사렛이라고 주장
- 병실에 방문객들이 지나칠 정도로 넘쳐남
- 새벽 0시 00분에 사내 아이 출산. 상태는 양호

이제 겨우 8시 10분인데 나는 이미 이런 터무니없는 일에 완전히 질려버렸다.

환자 HV의 경우는 그냥 웃어넘기기에는 아주 힘든 일주일을 산부인과 병동에서 보냈다. 난소 염전으로 응급 수술을 받았는데 수술 후 상처가 감염이 된 것이다. 난소 염전이란 난소가 꼬여서 난소로 가는 혈류가 차단되는 것으로, 당장 수술하지 않으면 의식을 잃고 죽게 된다. 나는 열이 내리고 상태가 안정될 수 있도록 사력을 다했다. 그래야 크리스마스 해가 저물기 전에 잠시라도 집에 가서 시간을 보낼 수

있을 테고, 올해 12월을 완전히 망치는 걸 막을 수 있을 테니까. 올해 나는 정말 생각지도 못하게 착한 아이가 돼버린 것 같다. 그랬으니 산타클로스가 그 사실을 확인하고 내가 바라는 선물을 준 것이 아니겠는가. 어쨌든 환자 HV는 임상적으로는 집으로 돌아가는 데 아무런 문제가 없었다. 하지만 애석하게도 다른 문제가 있었다. HV에게는 자신을 집까지 차로 데려다줄 사람이 아무도 없었고, 병원 측에서는 그런 일에 쓸 여분의 구급차가 하나도 없다고 했다.

턱수염과 가래가 끓는 것 같은 목소리를 빼면 어느 유명한 남자 가수를 꼭 닮은 병동 간호사 브룩이 퇴근할 때 환자 HV를 데려다주겠다고 나섰다. "뭐 어차피 집으로 돌아가는 길이니까요!" 브룩은 밝게 말했지만 또 다른 간호사가 사실은 아주 멀리 돌아가야 할 거라고 나에게만 넌지시 말해줬다. 내 얼어붙은 마음이 이 작은 친절에 그만 녹아내렸다.

출근길이 조금 길어지는 거야 뭐 그렇다 쳐도, 나라면 브룩처럼 퇴근길에 몇십 킬로미터를 돌아서 가지는 않을 것이다. 브룩은 HV에게 기다리는 게 괜찮다면 오후 2시에 데리러오겠다고 말했다. "상관없어요." HV가 말했다. "그렇지만 기름값은 한 푼도 보태드릴 수 없어요. 기대하지 마세요." 이거야말로 크리스마스 정신이 아닌가.

2007년 12월 27일 목요일 ___ 큰 충격의 이유

새벽 4시다. 나는 의사 휴게실 의자에 고무풍선에 바람 빠지는 소리를 내며 주저앉았다. 인턴인 버튼도 내 맞은편 소파 위에서 소라빵처럼 몸을 둘둘 말고 웅크리고 있다. "오늘 근무 어땠어?" 내가 물었다.

버튼이 움찔하더니 나를 올려다봤다. 온몸은 탈진 상태인데다가 얼굴은 퉁퉁 부어 있다. 그는 뭔가 말을 하려 했지만 너무 힘이 들었는지 결국 고개를 흔들고는 다시 누에고치 상태로 되돌아갔다. 뭔지 모르지만 큰 충격을 받은 것 같은 동료에게 말을 건네느니 차라리 그냥 텔레비전이나 동태눈을 하고 쳐다보고 있을 걸 그랬나 싶었다.

"이봐…… 괜찮은 거야?"

버튼이 다시 혼수상태에 빠진 미어캣처럼 아주 느리게 고개를 쳐들었다.

"자판기가 고장 났어요."

2007년 12월 28일 금요일 ___ 샘플에 문제가 있음

'샘플에 문제가 있음.' 수련의 인생의 최악의 사태. 어느 환자의 혈액 검사 결과를 살펴보는데 이런 기이하고도 끔찍한 문장이 튀어나온다. 마치 난생 처음 벌거벗은 사람을 보게 됐거나, 점심시간 한정 메뉴가 품절되기 전에 내 차례가 돌아왔으면 하는 간절한 바람을 갖고 햄버거 가게에 줄을 서 있을 때와 비슷한 기분이 든다.

혈액 검사는 항상 긴박하게 진행된다. 보이지도 않는 가느다란 환자의 정맥에서 몇 번의 실패 끝에 혈액을 채취하고 나면, 환자의 팔은 고슴도치를 손에 쥐고 뭐라도 한 듯 온통 주삿바늘 자국투성이가 된다. 그러면 그 귀중하게 얻은 혈액이 든 시험관을 마치 값을 따질 수 없는 고대 유물을 다루는 박물관 직원처럼 소중하게 감싸들고는, 아무 일 없기를 조용히 기도하며 검사실로 향한다. 그랬는데 검사실에서 '샘플에 문제가 있음'이라는 검사 결과를 보내온다. 이쯤 되면 검사실 담당 직원이 지금 나를 미치게 만들려고 작정을 했나 하는 생각을 떨쳐버리기가 어렵다. '분명 시험관에 가득 혈액을 채워 검사실로 보냈었는데. 아니, 지금 그게 문제가 아니지. 요즘은 10년 묵은 침 자국에서도 DNA를 채취해 살인범을 찾아낼 수 있는 그런 시대가 아닌가? 그러면 혹시 검사실 직원이 내가 뭔가 다른 큰 실수를 저지른 걸 차마 말하지 못해 샘플에 문제가 있다는 식으로 애매하게 돌려 말한 건가?' 그렇지만 이런 상황에서 할 수 있는 일이라곤 누가 옆에 있든 없든 상관없이 욕설과 함께 불만을 터트리는 것뿐이다. 그리고 혈액을 채취하기 위해 다시 환자를 찾아간다. 몇 분 정도 걸리는 일이고 환자에게는 몇 가지 기록이 더 남겠지만, 실제로는 어떤 부작용도 없는 일이다.

그런데 오늘따라 유난히 신경이 훨씬 더 곤두섰던 건, 혈액이 아니라 불임 문제 때문에 찾아온 어느 부부를 검사하는데 정액 분석 결과가 '샘플에 문제가 있음'이라고 나왔기 때문이었다. 혈액 채취와는 달리 정액이라면 조용히 사라져주는 것밖에는 내가 남자 쪽을 위해 해줄 수 있는 일이 아무것도 없다. 정액에 대해서는 응급 상황 같은 건 없으니까. 남자는 다시 검사를 예약해야만 하고 오늘이 12월 28일이니 내년이나 돼야 다시 검사를 할 수 있을 터였다. 적어도 한 달 이상은 더 기다려야 했다. 우선 정액 검사가 완료되기 전까지는 불임 문제에 대한 다음 단계를 진행시킬 수 없기 때문이다.

나는 검사 결과를 보는 척하며 시선을 돌리고 이 소식을 전하려 했다. 말이란 건 아 다르고 어 다른 법이니까! "양이 부족했습니다, 이물질이 들어갔습니다, 실수가 있었습니다,

아니면 무슨 다른 문제가…… 어쨌든 다시 해야 합니다." 그런데 이 남자…… 혹시 흘린 정액을 시험관에 함께 담은 게 아닐까 하는 의심이 들었다.

남자는 정곡을 찔린 듯 정말 깜짝 놀란 표정을 지어보였다. 그러더니 흘린 걸 시험관에 긁어 담았다고 순순히 인정했다. 분명 "아껴야 잘 산다"는 할머니의 앵앵거리는 잔소리가 귓가에 울려 퍼졌을 것이고, 그는 최선을 다해 넘친 정액을 다시 긁어모았겠지. 그래서 온갖 먼지와 그전에 거쳐 갔던 누군지도 모르는 사람들의 DNA까지 함께 섞여 들어간 것이리라.

"이이는 정말 힘차게 싸거든요." 그의 아내가 자랑스러운 목소리로 말했다. 마치 우리 아이 참 잘했어요, 라고 말하는 것 같았다. (힘차게 멀리 사정射精하는 건 의외로 환자를 진찰할 때 유용한 단서가 되기도 한다. 크리스마스를 주제로 이야기를 풀어나가면서 사정 어쩌고 하는 게 좀 그렇긴 하다. 그리고 이 책이 처음이 아닐까도 싶다. 어쨌든 지금은 뇌 전문의가 된 의과대학 시절 친구 하나가 어느 날 저녁 정액이 눈에 들어갔다. 처음에 친구는 눈이 따끔거렸지만 곧 가라앉겠거니 했다가 몇 주가 지나도 차도가 없자 결국 의사를 찾아갔다. 일반적으로 알고 있는 것과는 다른 증상을 겪는 그에게 의사는 안구 성性 질환이라는 진단을 내렸다고 한다.)

나로서는 남자가 좀 더 정확하게 '쏘지' 못했다고 나무랄
수는 없었다. 우리 병원에서는 보통 에둘러 부르는 '정액 채
취용 장소'가 따로 정해져 있지 않아서 남자들은 화장실의
좌변기가 있는 칸에 들어가 이 일을 처리해야만 했다. 옆의
칸에서 힘주는 소리를 들으며 절정의 순간에 도달하기란
그리 쉬운 일이 아닐 것이다. 또한 힘주는 일도 하며 동시에
'나만의 휴식 시간'을 갖기 위해 찾아온 병원 직원이 있다면,
그 사람 역시 옆 칸에서 무슨 일이 벌어지는지 알았을 때 대
단히 신경이 쓰였으리라.[*]

---

* 미국의 불임 전문 병원에서 근무했던 어느 간호사에 따르면, 그곳에는
텔레비전 모니터와 DVD 플레이어가 갖춰진 방이 있다고 했다. 물론 당
연히 함께 있을 거라 생각되는 낯 뜨거운 DVD 타이틀에 대해서는 한마
디도 하지 않았다. 그렇지만 리모컨이 비닐로 포장돼 있다는 당연하지만
현실적인 이야기는 들을 수 있었다. 영국의 경우, 일부 병원에서는 아예
휴대용 장비를 준다. 그러면 자기 집 침대 같은 편안한 환경에서 정액을
채취할 수 있다. 대신 1시간 안에 병원으로 가지고 와야 한다. 안내 책자
에는 이런 주의 사항이 적혀 있다. '정액을 담은 시험관을 신체와 맞닿은
주머니나 겨드랑이 사이, 혹은 다리 사이에 보관해 체온과 비슷한 온도
가 유지되도록 한다.' 의사들 모임에서 전설처럼 회자되는 어떤 남자에
대한 이야기가 있다. 이 남자는 '다리 사이'라는 말을 '항문 안'으로 이해
했다는 것이다. 물론 그 남자 입장에서 보면 항문이야말로 가장 체온과
비슷한 온도가 유지될 수 있는 곳이었을 것이다.

의과대학 시절 생식 의료Reproductive Medicine에 대해 배울 때, 나는 정액을 연구하는 실험실에서 며칠 동안 그곳으로 들어오는 정액 샘플들을 검사하고 확인하는 작업을 했다. 나는 실험실에서 전달받은 지시 사항들을 꼼꼼하게 따랐다. 샘플의 양을 측정하고 새로운 용기에 옮겨 담는다. 그리고 정자만을 분리하기 위해 원심분리기에 넣고 돌린다. 남은 체액은 폐기 처분한다…….

"지금 뭐하는 거예요?" 실험실 직원이 꽥하고 소리를 질렀다. "지금 내다버린 건 정자잖아요!" 나는 검사 결과가 적혀 나온 종이를 치워버리고, 내가 쓸모없는 체액이라고 생각하고 버린 걸 손가락으로 열심히 헤적였다. 실험실 직원은 어깨를 으쓱하더니 컴퓨터 앞으로 가서 이렇게 입력했다. '샘플에 문제가 있음.'

(이 책의 편집 작업을 하고 있을 때 중국에서 '샘플 문제'를 미연에 방지할 수 있는 방법을 찾아냈다는 소식이 들려왔다. 물론 환자의 품위를 감안하더라도 좀 비용이 많이 들어갈 수는 있을 것 같았다. 이른바 정자 채취기를 개발한 모양인데, 무슨 정수기처럼 생긴 이 기계장치에는 앞부분에 성기를 집어넣을 수 있는 구멍이 뚫려 있다고 한다. 보도에 따르면, 작동이 시작되면 해부학적으로 정확하게 진동을 가하고, 밀고 당기기를 진행해 사정을 돕는다고 한다. 그리고 나오는 모든

걸 흡입해 모은다는 것이다. 작업이 끝나면 대상자는 뭔지 모를 기계 장치와 사랑을 나눴다는 심리적 후유증과 함께 제자리로 돌아갈 수 있다고 한다.)

2007년 12월 29일 토요일 ___ 사라지지 않을 냄새

선사 시대의 어떤 원시인 화가가 처음 파란색과 노란색을 섞어 초록색을 만들어냈는지, 혹은 파란색과 빨간색을 섞어 자주색을 만들어냈는지 지금의 우리는 전혀 알 수가 없다. 그렇지만 전원을 꽂아서 쓰는 실내 방향제만으로, 분만실 분위기를 연말연시 느낌이 나도록 확 바꿀 수 있다는 사실을 알아낸 건 우리의 환자 HC였다. 계피와 향신료를 넣어 포도주 향이 나게 만든 이 방향제는 피와 태반, 양수와 각종 배설물이 혼합돼 만들어내는 상상을 뛰어넘는 지독한 냄새를 막아내기 위해 마스크를 쓰는 것보다 더 효과가 좋았다. 이런 고약한 냄새들은 마치 007 제임스 본드 영화에 나오는 독가스처럼 사라지지 않고 공기 중에 맴돈다. 그러면서 우리 몸의 숨 쉬는 구멍이란 구멍은 다 틀어막고 모든 신경을 마비시킨다. 아무리 열심히 청소를 해도 병원 건물 자체를 다 부수고 새로 짓지 않는 한 절대로 사라지지 않을 그런 냄새다.

2007년 12월 31일 월요일 ___ 중요한 충고

나와 남동생 둘 다 2007년 마지막 날 병원에서 근무하게 됐기 때문에, 나는 형제간의 우애 비슷한 걸 다지기 위해 동생에게 전화를 걸었다. 우리는 다가올 새해의 결심에 대해 이야기를 나눴는데, 내가 왜 그런 쓸데없는 이야기를 꺼냈는지 알 수가 없었다. 나로 말하자면 생활 방식을 바꾸자는 결심을 해봤자 그야말로 늘 작심삼일이었을 뿐인데 말이다. 하지만 나는 그 탓을 내 자신이 아닌 1월에 돌렸다. 모든 사람들이 어설프게 살아난 좀비처럼 사방을 돌아다니게 만드는 게 1월이니까. 날씨는 또 어떤가. 전설적인 극지 탐험가라도 장을 보러 나가야 되나 말아야 되나를 생각하게 만드는 게 1월 아니던가. 1월은 그야말로 자괴감에 휩싸여 자학하기 딱 알맞은 그런 달이다.

그렇지만 나는 다시 한 번 낙관주의자가 되어 객관적인 현실을 이겨냈고, 새해에는 체중 감량에 도전하기로 결심했다. 사실 뭐 힘든 일도 아닐 것이다. 어쨌거나 요즘의 나는 제대로 뭘 먹을 시간도 없으니 말이다.

"그래, 그렇게 하는 게 좋겠네." 동생이 말했다. 나는 사실 "바보 같은 소리 하지 마. 지금도 보기 좋은데 뭘 그래!" 이런 소리를 듣고 싶었지만, 타고난 퉁명스러움에 의사의 정직한 직업 정신까지 더해지니 나의 그런 소망은 분명 비현실적인 것이 될 수밖에 없었다. 동생은 중요한 충고를 해줄 게 있다고 말했고 나는 귀를 쫑긋 세웠다. '의과대학 다닐 때 나는 빼먹었던 어떤 수업이라도 들었었나?' 이런 생각을 하며, 이미 체중 감량에 멋지게 성공한 내 모습을 마음속으로 그리고 있었다. 그리고 사람들이 체중에 대해 물어볼 때마다 내 안에서 치솟을 흥분의 도파민도 기대하고 있었다. "아, 살이 빠진 것 같아? 나는 전혀 모르겠는데." 사실은 종이라도 벨 수 있을 정도의 날렵해진 턱선을 자랑하면서도 이렇게 짐짓 겸손하게 대답하는 내 모습도 기대했다.

"내가 작년에 한 것 같은 실수는 하지 말라고." 동생이 말했다. "세인즈베리 마트에서 자체 개발한 식료품 브랜드 알지?"

나는 들어본 적은 있었기에 그렇다고 대답했다.

"그거 아주 체중 감량에는 쥐약이더라고. 작년에 1월부터 애를 썼는데 왜 이렇게 죽어라 살이 안 빠지는지 그 이유를 3월에야 겨우 알게 됐어."

2008년 1월 7일 월요일 ___ 휴지 대신 영수증

연말 결산을 하다가 각종 영수증 등을 제대로 정리해두지 않았다고 세무사에게 혼이 난 후, 나는 지금까지는 부지런히 영수증을 잘 챙기고 있다. 작심삼일이라고, 또 2월이 되면 다시 제자리로 돌아가게 될지도 모르지만, 어쨌든 지금의 나는 국세청 홍보 대사로 임명돼도 괜찮을 수준이다. 어느 임신부가 실수로 내 바지에 소변을 지렸을 때 갔던 세탁소 영수증도 있고, 300파운드짜리 심폐소생술 강의 영수증도 있다. 이건 내 직업 때문에 의무적으로 들은 건데, 사실 병원 측에서는 강의료를 대준 적도 없고 그렇다고 근무를 빼주지도 않았다. 왜 그런지 이유를 알고 싶었지만 아무 소용이 없었다. 또 새 청진기 영수증도 있는데, 지난번 청진기가 그만 피범벅이 되는 바람에 샀던 것이다.

오늘은 산부인과 병동이 평소와 달리 평온해서 나는 잠시 눈이라도 좀 붙이려고 숙직실로 올라갔다. 거기까지는 다 좋았는데, 오늘은 침대가 문제였다. 안 그래도 어디 교도소 수준밖에 안 되는 숙직실 침대였는데, 침대보며 이불만 걷어간 것이 아니라 도무지 이해할 수 없게도 매트리스까지 통째로 사라지고 없었다. 나는 영문을 알 수 없었다. '어디 살균이라도 시키려고 빼간 걸까? 아니면 어디론가 날아가 버린 걸까?' 하긴 숙직실 매트리스는 그럴 수도 있겠다 싶을 정도로 형편없이 얄팍하기는 했다. 아니 어쩌면 무슨 태평양 깊이만큼이나 감당할 수 없을 정도로 깊어지는 병원의 적자 문제를 해결하기 위해 팔아치웠는지도 모를 일이었다. 사실 요즘은 구내매점이 자판기로 대체된다고 해도 전혀 놀라지 않을 지경이니까.

그렇지만 나는 물러나지 않았다. '그저 자리에 누울 수만 있다면 그것이 얼음처럼 차가운 죽음의 길이라고 해도 담담히 받아들이리라……' 그래서 나는 나무로 된 침대 틀 위에 조심스럽게 누워봤다. 그리고 이렇게 해봐야 만성 허리 통증이나 생기지 이득이 될 게 하나도 없겠다는 사실을 재빨리 깨달았다. 어쩔 수 없이 패배를 인정하고 다시 아래층으로 내려가기로 결정했다.

그렇게 내려가기 전에 나는 잠시 런던의 부동산 중개인이라면 보통 '곁방'이라고 둘러댈 만한 숙직실 옆 공간을 찾아봤다. 하지만 그곳은 아무리 잘 봐줘야 화장실 겸 청소 도구 보관함에 불과했다. 그리고 급한 김에 볼일이라도 좀 보고 가려고 거기 들어가 앉아 둘러보니 수건도 보이지 않았다. 아마도 예산의 압박은 손을 닦는 일조차 철없는 어리광으로 보는 것 같았다. 이러다가는 언젠가 출근을 해보니 전구나 벽도 불필요한 사치품으로 간주돼 사라져버릴 날이 올지도 모른다는 생각이 강하게 들었다.

그리고 잠시 뒤에야 겨우 또 깨달은 게 있었다. 화장실이면서도 휴지가 없었다. 이런 빌어먹을! 그렇지만 궁하면 통한다고 하지 않았는가. 또 큰 손해에는 작은 이익이 따르는 게 세상 이치가 아니겠는가. 언젠가 또 세무사에게 왜 영수증을 제대로 챙기지 못했냐고 타박을 들으면 병원 화장실의 휴지 핑계를 댈 수 있을 테니.

다섯 번째 크리스마스

산타클로스의 선물을 기대하며
양말을 걸어뒀다.
그런데 호출기가 울리는 소리를 듣고는
"정말 엿 같아서 못해먹겠네"라고 소리를 질러버렸다.

TWAS THE NIGHTSHIFT BEFORE CHRISTMAS

2008년 12월 15일 월요일 ___ 창조 경제의 현장

내가 일하는 병원과 멀리 떨어져 있는 어느 병원에 가서 의과대학 학생들의 기말고사를 감독하게 됐다. 한 번밖에 만난 기억이 없는 어느 교수의 부탁 때문이었는데, 나로서는 달려오는 기차를 보고 몸을 피해야 하는 것처럼 선택의 여지가 없는 일이었다. 게다가 H에게조차 감추고 있었던 내 금쪽같은 연차 휴가까지 이 일에 쪼개 써야만 했다. 어쨌든 나는 이걸 기분 전환이라고 생각했고, 내가 잠시 한눈을 팔아도 무슨 안 좋은 일이 생기지 않기를 바라며 하루 종일 학생들과 시간을 보내게 됐다. 어쩌면 게으른 학생이 오히려 의사로서의 자격을 더 갖추었을지도 모를 일이니 시험 감독이라고 해서 그다지 신경 쓸 필요는 없을 것 같았다.

산부인과를 배경으로 예산을 확 줄여놓은 텔레비전 퀴즈 프로그램 비슷한 이 현장에서 내가 맡은 역할은 학생들이 환자의 질 검사를 얼마나 잘 해내는지 평가하는 일이었다. 침대 위에 누워 있는 건 팔다리 없이 배꼽에서 허벅지 윗부분까지의 몸통만 덩그러니 있는 마네킹이었다. 그 모습은 마치 도우미 여성의 몸통을 반으로 자르는 마술이 제대로 되지 않은 결과물이거나 무슨 괴기 영화의 한 장면 같기도 했다. 학생들은 스무 가지 항목에 대해 점검을 받아야 했고, 나는 공장 관리인처럼 서류철을 들고 해당 항목에 표시를 했다. 내가 특히 확인해야 하는 건 학생들이 마네킹을 진짜 환자처럼 대하느냐는 것이었다. 따라서 스무 가지 항목들 중 합격점을 받아야 하는 열다섯 가지 항목 중에는, 환자에게 자기소개를 하고 어떤 진료를 할 것인지 제대로 설명하는 것과, 환자의 동의를 얻은 후 손을 소독약으로 닦고 검사용 장갑을 끼는 과정 등이 포함돼 있었다.

제대로 통과하지 못한 학생은 한 사람뿐이었다. 그 학생은 앞서 언급했던 사전 과정을 몽땅 다 생략하고는 방에 들어오자마자 아무 말도 없이 곧바로 손을 쑤셔 넣었다. 아마도 여자 친구를 만나 사랑을 나눌 때도 저런 식일 것 같았다.

어떤 학생은 마네킹을 보고 이렇게 말하기도 했다. "혹시 불편하신 점이 있으시면 말씀해주시기를 바라옵니다." 나는 하마터면 웃음을 터트릴 뻔했고, 그 학생은 실력이 부족한 것이 아니라 지나치게 긴장한 모습이 문제라고 생각했다. 그는 그 즉시 내게 수십 차례나 고개를 조아리며 자신이 시험에 떨어진 거냐고 물었지만 사실 그럴 일은 없었다. 평가 항목에는 지나치게 예의를 차린다고 해서 감점을 주는 그런 내용은 없었으니까.

어찌어찌 시간이 흘러 나는 어느 선술집에서 케빈을 마주하고 앉게 됐다. 케빈은 의과대학 시절 친구로, 지난주에 사직서와 함께 올해를 끝으로 레지스트라 일을 그만두고 오랫동안 품어왔던 연기자의 길로 나서겠다는 문자를 내게 보냈었다. 나는 얼굴 전체를 문신으로 뒤덮겠다 같은 터무니없는 결심이라도 들은 것처럼 케빈에게 답장을 보냈고, 그 결심을 말릴 수 있을까 하는 생각에서 서둘러 약속을 잡았다. '어쨌든 크리스마스 전에 만날 수 있다면 좋겠는데.' 내가 한 답장의 숨은 뜻은 '안 돼! 절대 그러지 마! 꿈보다는 밥그릇이 먼저라는 걸 잊지 말라고……'였다.

케빈은 내가 시험 감독을 하러 온 병원 근처로 나를 만나러 왔다. 그곳은 우리 두 사람 모두에게 낯선 곳이었고, 인터넷 맛집 사이트는 대부분의 NHS 병원들이 위치해 있는 지저분한 뒷골목까지는 아직 진출하지 않은 것 같았다. 그래서 우리는 병원 입구에서 100미터쯤 떨어져 있는 제일 처음 눈에 들어온 선술집으로 슬금슬금 들어갔다. 이게 우리의 첫 번째 실수였다. 그 선술집은 척 보기에도 분위기가 아주 우울해서 불량배들도 왔다가 도로 나갈 것 같은 그런 곳이었다. 그래도 크리스마스가 다가온다고 장식에 힘을 좀 쓴 것 같았는데, 그게 뭐가 뭔지 잘 모르겠다는 것이 문제였다. 덧창이 없는 창문에는 스프레이로 뿌리는 가짜 눈을 대강 뿌려놓았고, 언제 적 것인지도 모를 빛이 바랜 종이 장식이 천장에 대롱대롱 매달려 부스럭거리는 소리를 냈다.

케빈은 자신이 내린 쉽지 않은 결정에 대한 격려의 말은 물론, 뭐가 좋고 나쁜지에 대해 아예 왈가왈부할 생각 자체가 전혀 없었다. 나는 그런 친구가 어리석지만 용감하다고 생각했다. 그래서 우리는 좀 더 중요한 일, 즉 술을 마시는 일에만 열중했다.

(그때는 미처 상상도 하지 못했었지만 그로부터 불과 2년 뒤 나도 의사 일을 그만두게 된다. 그리고 설사 절세미인이 옷을 홀딱 벗고 사정을 한다 해도 내 결심은 뒤바뀌지 않았을 것이다.)

"여기 백포도주는 뭐가 있습니까?" 나는 수상쩍은 사람으로 보이지 않기 위해 최대한 아무렇지 않은 목소리로 이렇게 물었다. 선술집의 여자 종업원은 일하면서 남는 손가락 하나를 펼쳐 냉장고 안 작은 플라스틱병에 든 샤르도네를 몇 병 가리켰다. 그러고는 나를 마치 이곳의 분위기와 어울리지 않는 엉뚱한 술을 시키는 사람이라도 되는 것처럼 쳐다봤다. '아니, 내가 뭘 잘못이라도 한 건가? 선술집에서 포도주를 찾으면 안 되는 거야?' 그래서 나는 신경질적으로 고맙다고 말하고는 케빈이 주문한 맥주와 내가 주문한 포도주를 주문대에서 받아들고는 케빈이 잡아놓은 자리로 가져왔다. 자리에 앉은 후 물기가 남아 있는 탁자 위에 술병을 내려놓자 귀에 거슬리는 질척거리는 소리가 났다.

무슨 식초 맛이 나는 미지근한 포도주를 두어 모금 들이켜는 것으로 나는 케빈을 위해 축배를 들었다. 그래서 장차 아카데미 남우주연상이라도 타면 수상 소감을 뭐라고 할 거냐는 등의 이야기가 한창 무르익어 갈 때, 한 남자가 우리 쪽으로 오더니 가득 차 있는 맥주잔을 탁자 위에 올려놓았다. 그러면서 지금 막 한잔하러 들어왔는데 마침 같이 왔던 친구가 주문만 해놓고 빨리 집에 돌아갈 일이 생겨 가버렸다고 설명했다. '이걸 고맙다고 넙죽 받아야 하나? 왜 자기가 마시지 않는 거지?' 우리는 누군지 알 수 없는 이 친절한 남자를 가만히 바라봤다. 분명 주머니가 넉넉한 자선 사업가는 아닌 것 같았고, 겉모습이나 풍겨오는 냄새는 무덤에서 지금 막 기어 나온 것 같았다. 옷을 입은 모양새는《내 친구 원시인Stig of the Dump》이라는 동화책에서 현대 사회에 나타난 주인공 원시인이 여기저기서 아무거나 옷을 주워 입은 모습을 연상시켰다. 신발은 짝짝이였고 위에 걸치고 있는 외투는 무슨 영화 소품이라도 되는 양 온통 얼룩투성이였다. 남자는 우리가 머뭇거리는 걸 보더니 새된 목소리로 이렇게 말했다. "걱정하지 마슈, 입도 대지 않은 거니까!" 하지만 나는 그 말을 들으니 의심이 더 커졌다.

케빈은 잠시 생각을 하는 듯하더니 이내 남자가 내민 맥주를 아주 고맙다는 듯이 받았다. 그리고 우리 두 사람은 하던 이야기를 마저 하기 시작했다. 나는 이야기를 하면서 선술집 내부를 둘러봤고 10분쯤 뒤 깜짝 놀라고 말았다. 아까 그 남자가 또다시 맥주잔을 들고 이번에는 다른 손님들 쪽으로 어기적거리며 걸어가고 있었던 것이다. 나는 즉시 이 사실을 케빈에게 알렸다. '저 남자는 도대체 뭐지?' 그 더러운 외투에서 뿜어져 나오던 냄새를 생각하면 친구들이 일분도 견디지 못하고 도망가는 건 이해가 갔다. 그렇지만 아까 집에 갔다는 친구 말고 그 사이 또 다른 친구가 나타나 맥주만 주문해놓고 사라지는 건 분명 있을 수 없는 일이었다. 이거 무슨 텔레비전 방송국에서 몰래 카메라라도 찍고 있는 게 아닌가 싶었다.

케빈은 몸을 돌렸고 이제는 우리 둘 다 그 남자의 행동을 계속 바라볼 수 있었다. 그리고 케빈은 반쯤 비운 맥주잔을 조심스럽게 한쪽으로 밀어놓았다. 남자는 느릿느릿 주문대로 걸어가 다시 맥주 두 잔을 사서 자기 자리로 돌아왔다. 그리고 첫 번째 맥주잔을 들어 사분의 일쯤 들이켜더니 두 번째 맥주잔도 똑같이 사분의 일쯤을 마셨다. 그런 다음, 남자는 두 맥주잔을 바닥에 내려놓고는 주변을 살피더니 마치 구두끈이라도 고쳐 매는 것처럼 몸을 숙였다. 남자가 몸을 일으켜 들어 올린 첫 번째 맥주잔은 가득 차 있었다.

이 선술집은 특별히 다른 사람을 몰래 쳐다보다가 들켜도 될 만한 곳은 아니었지만 우리는 남자를 더 자세히 살펴보기 위해 조금씩 몸을 비틀었다. 지금 와서 생각해보면 차라리 아무것도 몰랐더라면 정말 좋았을 것이다. 남자가 몸을 굽힌 건 구두끈 때문이 아니었다. 남자는 바지 한쪽 끝을 들어 올렸고, 그러자 다리에 차는 소변 주머니가 드러났다.[*] 남자는 정말 몸서리를 칠 정도로 끔찍스럽게도 소변 주머니 끝에 달린 꼭지를 열어 맥주잔을 채워 넣었던 것이다. 정말 세상에서 제일 기이하고도 괴상한 창조 경제의 현장이었다.

나는 케빈보다는 더 침착하게 반응했다. 케빈이 공짜로 얻은 오줌 맥주를 맛나게 마시기 직전의 이상했던 상황들을 생각하면 그리 놀랄 일도 아니었던 것이다. 하지만 나는 왜 저 작자가 저런 일을 하는지 그게 정말 궁금했다. 그리고 낯선 뜨내기의 오줌을 마셨을 때 옮길 수 있는 전염병이 있는지도. 어쩌면 어떤 종류의 기생충이 옮겨올 수 있을지도 몰랐다. 케빈이 어떤 반응을 보였는지는 아쉽지만 여기서 밝히지 않는 채로 넘어가야 할 것 같다. 어쨌거나 케빈으로서는 마약 먹은 토끼처럼 전속력으로 화장실로 달려가 속을 게워내는 일이 더 급선무였다. 물론 그렇게 게워내는 데 별반 많은 노력이 필요했던 건 아니었다는 사실만 밝혀두자.

---

[*] 다리에 차는 소변 주머니란 도뇨관을 사용해야 할 때 그 도뇨관과 연결된 주머니다. 주머니 끝에는 마치 술통의 꼭지 같은 것이 달려 있어 화장실에 가서 내용물을 비울 수 있게 돼 있다. 물론 이 선술집의 경우처럼 맥주잔을 채울 수도 있다.

다음에 H에게 케빈이랑 둘이 함께 화장실을 간다고 말할 때는, 무슨 이상한 짓을 하려는 게 아니라고 좀 더 분명하게 상황을 밝혀둬야 할 것 같다는 생각이 들었다.

2008년 12월 17일 수요일 ___ 엿 먹이는 방법

정말이지 나는 재수가 없다. 산부인과 병동에서 크리스마스 선물을 서로 주고받기로 했는데 리본스의 이름을 뽑고 말았다. 내 글씨체에서부터 손버릇까지 '나'라는 존재의 모든 측면을 무시하고 얕보는 인간을 위해 내 소중한 돈을 써야 한다니, 이 얼마나 짜증이 치받치는 일인가. 물론 나 역시 아주 당연하게 그런 경멸과 멸시를 되돌려주곤 했지만. 나는 리본스가 아주 싫어하는 물건을 고를 수도 있었지만, 그는 그러거나 말거나 선물을 받자마자 즉시 휴지통에 처박아버릴 것이기에 내가 얻을 수 있는 건 아무것도 없었다.

연말연시를 맞이해, 전에 없이 마음 씀씀이가 아주 넉넉해진 H는 내게 차라리 아주 그럴듯한 선물을 장만해서 두 사람 사이의 관계를 개선해보라고 권했다. 나는 그런 H에게 내가 원하는 유일한 관계 개선은 리본스가 죽어 사라진 후에나 이루어질 수 있을 것이라고 말했다. 나는 그를 엿 먹이고 아주 불편하게 만들어 정신적으로 한 방 먹일 수 있는 그런 걸 사고 싶었다.

"아, 그러셔? 그러면 실험실에서 죽지 않고 살아남은 기니피그나 한 마리 갖다 주시던가." H가 비꼬듯 내 뒤통수에 대고 말했다.

결국 나는 리본스에게 향기가 아주 그럴싸한 헤어 왁스와 포마드를 선물했다. 리본스는 대머리다.

2008년 12월 22일 월요일 ___ 핑계의 최후

소아과 병동 간호사 두어 명이 사방을 돌아다니며, 오늘 외래 환자들을 위해 준비한 대기실에서 한두 시간 산타클로스 노릇을 해줄 자원자를 찾았다. 나는 그런 부탁을 나에게 했다는 사실 자체에 충격을 받았다. 산타클로스를 하기에는 분명 아직 너무나 젊고 날씬한데 말이다. 게다가 곧 가서 따로 할 일도 있었다. 그래서 이렇게 핑계를 댔다. "그게 말이지요…… 나는 유대인이거든요!" 그 산타클로스 노릇이 근무의 연장이라면 더더군다나 피해야 했다. "아이들은 유대인이나 뭐 그런 거 모를 거예요!" 한 간호사가 이렇게 대꾸했다. 그러고는 잠시 후 포경 수술이 원래 유대 전통인 걸 떠올린 듯 다시 이렇게 말했다. "어쨌거나 뭐 바지를 내리고 고추를 보여줄 건 아니잖아요?"

2008년 12월 23일 화요일 ___ 아래쪽 이웃의 정체

"그러면 부부 관계는 얼마나 자주 하시는지요?" 불임 문제로 찾아온 부부에게 내가 이렇게 물었다. (이상한 질문이 아니니 오해하지 마라. 어떤 사람은 한 달에 한 번 정도면 충분하지 않느냐고 말하기도 하는데, 정답은 여성의 가임 기간 동안 하루나 이틀에 한 번씩 하는 것이 좋다.)

"일주일에 한 번 정도요." 남편이 대답했다. "더 자주 할 수도 있는데 일단은 내가 밤에 일하고요…… 그리고 음, 아래쪽 이웃에 좀 문제가 있습니다."

나는 환자가 자신의 신체나 그 기능에 대해 이야기할 때 예상치 못하게 갑자기 발휘하곤 하는 말재주를 보면 언제나 감탄하곤 한다. 이번에도 또다시 완전 새로운 표현을 듣게 됐다. 흔히 쓰는 '거시기'도 아니고 다소 우스꽝스럽게 들리는 '똘똘이'도 아니며 좀처럼 듣기 힘든 비속어도 아닌 새로운 표현이었다. 어쨌거나 나는 전문가니까 뭘 들어도 의연한 척하기는 해야 했다.

"에, 그러니까 선생님께서는 그…… 아래쪽 이웃에 대해서는 별반 염려하실 필요가 없습니다만." 그러면서 나는 우리가 다시 평범하고 알아듣기 쉬운 대화로 돌아갈 수 있도록 언어에 대한 묘수가 떠오르기를 바랐다. "야간에 근무를 하시면 신체의 자연스러운 흐름이 흐트러져서 발기를 유지하는 데 어려움이 발생할 수도 있습니다."

그런데 그 이웃이라는 게 진짜 아래층에 살고 있는 이웃이라는 사실이 곧 밝혀졌다. 아래층 집이 요즘 낮에 수리를 하고 있기 때문에, 그들이 위층으로 올라와 그의 부모님과 함께 지내면서 소파에서 잠을 잔다는 것이었다. 그 때문에 낮에 부부가 사랑을 나누기가 곤란했던 것이다.

2008년 12월 25일 목요일 ___ 괜한 짓

병원에서 보내는 다섯 번째 크리스마스다. 이러다가는 무슨 기네스북에라도 오르게 되는 게 아닐지 모르겠다. H는 가족과 함께 있다. 내 근무 일정이 발표되기 전에 이미 예상이라도 한 듯 가족을 찾아갈 계획을 세워둔 것이다.

오늘 산부인과 병동 근무를 서게 된 컨설턴트 오하레가 전통처럼 점심시간에 일상복 차림으로 칠면조 요리를 나눠주기 위해 나타났다. 그에게는 '늘 있는 일'일지 몰라도 나에게는 기사 작위라도 받는 것처럼 격식에 맞춰 차려입고 나타나야 할 일처럼 보였다. 그러면서 그는 그 차림으로 직원 휴게실에서 아주 거창하게 일을 진행하려고 했다. 옆에 수술 전문 간호사가 대기하고 있다가 필요한 도구를 하나씩 건네주어야 한다는 것이었다. "거기 있는 포크를 주세요." 뭐 이렇게라도 하려는 것인지는 몰라도, 어쨌든 이렇게 가족과 멀리 떨어져 있는 사람들에게 꼭 필요한 따뜻한 가정의 분위기를 전달해준다는 점에서 재미있기도 하고 가슴 뭉클하기도 했다.

"봤지?" 크리스마스에 처음 당직 근무를 서게 된 시니어 인턴 카렌에게 내가 말을 걸었다. "여기 크리스마스 분위기는 나쁘지 않아. 모두들 한 가족 같잖아!" 카렌은 자신이 생각하고 있는 '가족'과는 많이 다르다고 생각하는 건지 마뜩치 않아 하는 표정으로, 다들 무슨 세뇌라도 당한 게 아닌지 검사라도 해봐야 하지 않겠느냐고 말했다.

이렇게 칠면조를 함께 나눠먹는 의식은 컨설턴트와 나머지 사람들 사이에 존재하는 장벽을 잠시나마 허물어주는 역할을 한다. 물론 어느 정도까지만이다. 칠면조를 나눠먹었다고 해서 문자로 우스갯소리를 나누거나 서로의 머리를 쓰다듬는 사이로 발전하게 되는 건 아니라는 뜻이다. 크리스마스는 서로 따뜻한 마음을 나누는 시기이지만 넘지 말아야 할 선은 분명 있다. 우리는 컨설턴트 오하레를 여전히 오하레 '씨'라고 부른다. 성이 아니라 친근하게 이름을 부르는 건 여왕 폐하를 보고 이름을 마구 불러대는 것과 다를 바 없는 일이다.

칠면조 요리와 어쩐지 어색한 잡담이 함께한 몇 분이 흐른 후, 오하레는 나를 옆으로 불러 함께 산부인과 병동 상황판을 훑어봤다. 골반위분만骨盤位分娩을 앞두고 자궁이 7센티미터 정도 열리는 환자가 있었다.*

---

* 태아의 위치가 뒤집어져 다리와 엉덩이가 먼저 나오게 되는 경우 대부
  분 일반적으로 가장 안전한 방식으로 알려져 있는 제왕절개 수술을 실시

"잘 해낼 수 있겠나?" 그가 물었고 나는 반사적으로 할 수 있다고 큰 소리로 대답했다. 그러자 그는 고개를 끄덕이더니 곧 집으로 가버렸다. 나는 사실 조금도 자신이 없었다. 내가 골반위분만으로 신생아를 받아본 건 지금까지 한 번뿐이었고 그때는 겸자를 써서 아이를 꺼낼 필요도 없이 간단하게 끝이 났었다. 내가 이번에 다시 골반위분만을 위해 불려간다면 그건 진짜 처음으로 누구의 도움도 없이 혼자서 본격적으로 손을 써야 한다는 뜻이었다.

그 즉시 최악의 상황이 떠오르기 시작했다. 그리고 상상의 나래가 안 좋은 쪽으로 점점 더 펼쳐져갔다. 여기 영원히 잊히지 않을 끔찍한 크리스마스를 보내게 된 한 가족이 있다. 앞으로 이 가족은 크리스마스캐럴을 들을 때마다, 따뜻한 크리스마스 가족 영화를 보게 될 때마다, 그리고 크리스마스 음식을 먹을 때마다, 한 레지스트라가 자신의 경험 부족을 인정하지 못하고 허풍을 떨었다가 빚어졌던 결과를

한다. 하지만 그 밖에 다른 이상이 전혀 없고 경험이 풍부한 조산원과 의료진이 있는 경우라면 골반위분만 역시 항상 함께 고려돼야 한다. 일부 골반위분만의 경우 신생아의 머리가 출산 중에 빠져나오지 못할 때가 있는데, 그럴 때는 겸자를 사용해 빠르게 처리를 해야 한다.

떠올리게 되리라.

오늘이 크리스마스가 아니었다면, 어쩌면 나는 오하레에게 다르게 대답을 했을지도 모른다. 그렇지만 오하레는 내가 '게리'라고 편하게 이름도 부를 수 없을 정도로 나에게는 까마득히 높은 사람이었고, 그런 그가 크리스마스를 가족과 보내러 가는 길을 가로막았다면 그야말로 앞으로 의사 생활이 어떻게 될지 모를 정도의 큰 사건이 됐으리라. 또한 그 일은 언젠가 내가 컨설턴트가 되려 할 때 누군가 그에게 나에 대해 문의를 하게 된다면 반드시 그의 마음속에 다시 떠오르게 될 것이다. "아, 그 친구? 아주 잘 기억하고 있지. 골반위분만 정도도 제대로 처리하지 못했었지, 아마?" 병원에서 밥 먹듯 야간 근무를 하고 수많은 응급 상황을 처리했다 하더라도, 단 한 번 나의 부족함을 고백하고 도움을 요청한 결과는 그렇게 이어질 것이 틀림없었다.

나는 화장실로 기어들어가 휴대전화를 들고 태아의 위치가 뒤집어졌을 때 어떻게 겸자를 써서 머리를 꺼낼 수 있는지 찾아봤다. 물론 휴대전화로 도움이 될 만한 영상을 찾아본 건 이번이 처음은 아니었지만, 이렇게 진지하게 찾아본 건 처음이었다. 그리 놀랄 일도 아니었지만 유튜브에서는 아무것도 찾아볼 수 없었고, 대신 쓸 만한 파워포인트 자료를 찾아냈다. 원래는 수술 기법을 비교하기 위한 내용이었는데 그럭저럭 벼락치기로 배워서 응용할 정도는 되는 것 같았다.

이제 조금…… 자신이 붙기는 했지만 아직 충분하지는 않았다. 나는 그 후 1시간여에 걸쳐 지난 5년 동안 먹은 걸 당장이라도 몽땅 다 토해낼 것 같은 기분을 느끼면서 다른 환자들을 살펴봤다. 조산원이 내게 30분 안에 문제의 환자가 출산을 시작할 것이라고 알려왔다. 그제야 비로소 모든 것들이 조금씩 현실로 다가오기 시작했다. 혹시 일어날 수도 있는 최악의 상황들을 떠올리며 얼마간 고민한 끝에 나는 결심을 하고 오하레에게 전화를 걸었다. 신호음이 울리자 처음부터 말을 했더라면 어땠을까 하는 후회가 절절하게 끓어올랐다. 그랬다면 이렇게 집에 있는 사람을 다시 병원으로 불러내는 것보다는 훨씬 더 마음이 편했을 것을. 지금쯤 분명 한창 크리스마스 정찬을 즐기고 있을 텐데.

내가 더듬거리며 사과의 말을 반쯤 끝냈을 때 오하레는 자기는 아직 아래층 사무실에 있다고 말했고, 나는 그만 입을 다물고 말았다. 아직 출산을 하지 못한 어려움에 빠진 환자를 두고 컨설턴트가 정말 집으로 가버렸다고 생각하다니, 나는 도대체 뭐하는 놈이란 말인가? 순간 내가 느낀 감정이 안도감인지 부끄러움인지는 알 수 없었지만, 분명 어느 정도는 안심이 된 건 사실이었다.

환자가 출산을 시작했을 때 나는 직원 휴게실에서 오하레와 함께 있었다. 곧 조산원이 도움을 요청해오던지, 아니면 무사히 태어난 아기의 울음소리가 들리던지 할 것이다. 다행히도 우리의 도움 없이 아기는 무사히 태어났다. 결국 애초에 오하레에게 전화를 거는 어리석은 짓을 할 필요가 없었던 것이다. 나는 시간을 뺏어 미안하다고 사과를 했지만, 그는 사고가 터진 후 걸려오는 전화 한 통보다 이렇게 미리 걸려오는 수천 통의 전화가 훨씬 더 낫다고 말해줬다.

"30년 넘게 이 일을 해오고 있지만 할 때마다 나도 겁이 나거든." 그는 이렇게 털어놓았고 나는 컨설턴트가 이런 말을 하는 걸 처음 들었다. 나는 우리 병원 산부인과 병동에서 최고로 꼽히는 의사에게 이런 말을 듣자 왠지 모르게 마음이 차분해졌다. 어쩌면 그나 나나 별반 다를 게 없는 사람일지도 몰랐다. 물론 그가 타고 다니는 고급차는 빼고. 나는 그의 솔직한 고백에 존경심이 우러났고, 우리 두 사람에게 지금 이 순간이 아주 중요한 의미가 있는 것 같다는 생각이 들었다.

그가 자리에서 일어섰다.

"크리스마스 잘 보내게, 애덤."

나는 잠시 머뭇거리다 이렇게 말했다.

"크리스마스 잘 보내세요, 게리."

그러자 그가 무슨 터무니없는 고백이라도 들은 것 같은 표정으로 나를 쳐다보더니 밖으로 사라졌다. "쳇, 괜한 짓을 했군."

2008년 12월 28일 일요일 ___ 원래 그런 곳

병원은 일반적인 상식이 통하는 곳처럼 보이지 않는다. 입고 있는 옷도 다르고 먹는 음식도 다르며 사용하는 말도 다르다. 게다가 도저히 참을 수 없는 건 순서가 뒤죽박죽이 될 수도 있다는 사실이다. 오래 기다렸는데, 누군가 먼저 사정이 있어 자신보다 더 빨리 의사를 만나게 된다면 얼마나 짜증이 날까. 그렇지만 병원이란 원래 그런 곳이다.

조산원들을 관리하는 린니에게 "내가 먼저 왔어요"라고 항의하는 환자를 볼 때마다 나는 그저 안쓰럽다는 생각이 든다. 웨일스 출신의 이 다부지고 완강한 여자에게 그런 건 씨알도 안 먹히는 소리니까.

"아, 그것 참 죄송합니다." 런니가 대꾸한다. "그렇지만 여기는 내가 관리하는 산부인과 병동이지 어디 시장 바닥이 아닙니다."

2008년 12월 31일 수요일 ___ 정말 죄송합니다

올해의 마지막 야간 근무. 나는 시니어 인턴에게 전화를 걸어 환자들로 가득한 응급실이라는 바다에서 그가 빠져 죽지는 않았는지 확인했다. 환자는 이제 한 사람만 남아 있었고, 나는 시니어 인턴에게 내가 환자를 살펴보고 마지막으로 정리를 하겠다고 말했다. "임신 6주째인데 그냥 하혈이 있는 것뿐인 환자입니다." 그가 나에게 이렇게 말했다.

전화를 끊자마자 나는 이 시니어 인턴을 그대로 보내는 것이 아니었는데 하는 생각에, 나 자신에게 짜증이 치밀어 올랐다. 병원에 그냥 있는 환자는 아무도 없다. 게다가 문제의 이 환자는, 비록 그 기간이 짧았지만 그런 것에 상관없이 다른 누구보다도 출산이 임박한 환자와 똑같이 다뤄야만 했다. 내가 다시 시니어 인턴에게 전화를 걸려고 하는데 한 환자가 내 팔을 건드렸다.

"의사 선생님도 규정은 지켜야지요." 그녀는 벽에 붙어 있는 '통화 금지' 표지판을 가리켜 보였다. 표지판의 테두리는 나 못지않게 닳아 너덜너덜해져 있었고, 그런 상태로 휴대 전화 통화는 민감한 의료 기구에 영향을 미칠 수 있다고 알려주고 있었다. 그녀의 얼굴에 가득한 혐오감만 보면, 내가 팔에 지혈대를 두르고 마약이라도 주사하려는 그런 사람으로 생각이 될 정도였다. 물론 근무를 하는 내내 그렇게라도 해볼까 하는 생각은 안 해본 게 아니었지만.

나는 그 환자에게 진실을 말해주고 싶었다. 사실 휴대전화는 의료 기구만 곤란하게 만드는 건 아니라고. 그리고 우리가 저런 표지판을 달아놓은 건, 환자들이 하루 종일 전화통을 붙들고 아무짝에도 소용이 없는 전화 통화로 다른 사람들을 미치게 만드는 걸 미연에 방지하기 위해서라고. 그렇지만 그런 말을 함부로 할 수는 없었다. 그리고 만일 그렇게 했다가는 내 신경이 더 이상 견디지 못할 정도로 또다시 쓸데없는 대화가 이어질 것이 분명했다. 나는 억지로 웃는

낯을 하고는 뭐라 알아들을 수 없는 사과의 말을 웅얼거리면서 응급실로 내려갔다.

환자 EN은 정말 '그냥' 임신 6주째의 환자가 아니었다. 남편과 환자의 야윈 얼굴과 충혈된 눈을 보고 두 사람이 지금까지 울고 있었다는 사실을 알 수 있었다. 지금 눈물이 멈춘건 정말로 울 기력도 다 말라버렸기 때문이리라. 부부는 모두 삼십 대 초반이었고 이번이 네 번째 체외 수정 시도였다. 그리고 이번에야말로 가장 성공에 가까이 다가가 있었다. 나는 두 사람에게 NHS를 통해 세 차례의 체외 수정 시술 혜택을 받을 수 있는 지역에 살고 있었던 것도 행운이라면 행운이라고 말해주고 싶었다. 그렇지만 한 번 시도로 성공하거나 그냥 포기하면 모를까, 세 차례의 시도가 모두 실패했다면 그만큼 분노와 절망도 세 배나 늘어났다는 뜻이었다. 부부는 집을 마련하기 위해 모아뒀던 돈을 한 푼도 남김없이 이 네 번째 체외 수정 시술에 쏟아부었다. 경제적으로나 감정적으로나 가지고 있는 모든 걸 걸었던 두 사람에게 이제 내가 나타나 모든 게 다 끝났다고 말해주려는 참이었다.

나는 그녀를 검사하고 자궁이 비었다고 말해줬다. 그 출혈이 결국 애석하게도 유산으로 이어진 것이다.

두 사람은 그야말로 가슴이 찢어지는 절망감을 느낀 것

같았다. "그렇지만 일주일 전만 해도 다 정상이었는데요. 한 번만 더 살펴봐주세요. 어쩌면 실수가 있을지도 모르잖습니까?" 나는 어떤 실수도 없었다는 사실을 잘 알고 있었지만, 눈앞에서 환자가 마지막 한 가닥 희망을 걸고 부탁하고 있었다. 환자의 눈동자가 나를 뚫어지게 바라봤고, 남편은 그런 아내 옆에 미동도 하지 않고 그대로 서 있었다. 생각조차 해보지 않은 일이 현실이 될까 봐 두려워 아무런 말도 하지 못하는 것 같았다. 나는 다시 한 번 초음파 검사를 한 후, 그녀에게 검사를 위해 몸에 바른 젤을 닦아내라고 휴지를 건네고는 고개를 흔들었다.

그녀는 슬픔에 가득 찬 와중에도 이유와 해명을 찾는 듯했다. 혹시 지난주 했던 초음파 검사 때문에 이렇게 된 것은 아닌지 묻는 그녀를 보고 나는 "그렇다"라는 대답을 그녀가 원하고 있다는 사실을 깨달았다. 그녀에게는 납득할 만한 이유가 필요했다. 그래야 다음번에는, 만약 다음이 있다면, 같은 실수를 반복하지 않을 테니까. 그렇지만 나는 그녀에게 해줄 말이 아무것도 없었다.

나는 이후에 해야 하는 일들에 대해 이야기를 했다. 지금까지 수없이 반복해서 들었을 이야기를 나는 그들에게 결국 또 하고 말았다. "충분히 다시 시도해볼 수 있습니다." 그렇지만 정말 그럴 수 있을까? 혹시 복권에라도 당첨된다면 그럴 수 있을지도 모른다. 세상에는 수많은 복권들이 있으니, 하늘이 돕고 때와 장소만 딱 맞아떨어진다면 그럴 수 있을지도 모른다. 그런데 두 사람의 행운은 아마도 이제 다 바닥이 난 것 같았다.

칸막이 너머에서 갑자기 요란한 소리가 들려왔다. 누군가 텔레비전 소리를 높였는지 사람들이 정신없이 떠들어대는 소리가 들렸다. 나는 무슨 일이 벌어질지를 깨닫고는 감정적으로 흔들리지 않기 위해 단단히 마음을 추슬렀다. 텔레비전이 악을 써댔다. 다섯! 응급실에 있는 모든 사람들도 함께했다. 넷! 소리는 점점 더 커졌다. 셋! 둘! 하나! 그리고 발구르는 소리와 함성 소리, 폭죽 소리, 나팔 소리. 그리고 이어지는 〈올드 랭 사인Auld Lang Syne〉 노랫소리와 함께 밝아온 새해.

"죄송합니다." 내가 말했다. 시끄러운 소란이 미안했고 두 사람의 아기에 대해서도 미안했다. 실패한 체외 수정도, 그리고 다른 사람들이 행복해하는 것도 모두 다 미안했다. "정말 죄송합니다."

여섯 번째 크리스마스

경비원들이 올해 벌어진
마지막 소란을 처리한 것 같다.
모두들 즐거운 크리스마스 맞이하시고
또 안녕히 주무시길!

TWAS THE NIGHTSHIFT BEFORE CHRISTMAS

2009년 12월 15일 화요일 ___ 쫓겨난 아빠

"엄마, 내가 태어날 때 아빠가 곁에 있었나요?"

"아니. 애덤 뭐라고 하는 의사 선생님이 너를 받았지. 엄마는 너를 낳으려고 병원에 있는데 아빠는 크리스마스 파티에 갔단다."

"그러니까 아빠는 시간에 맞춰 병원에 못 왔다는 말이네요."

"그게 사실은 말이다, 제시간에 맞춰 병원에 오기는 왔는데 고주망태가 돼가지고 왔어. 그래서 의사 선생님이 너를 막 받아내려고 하는데 네 아빠는 그 앞에서 바지를 홀렁 벗으려고 했지 뭐니. 그래서 결국 경비원들이 와서 아빠를 쫓아냈단다."

2009년 12월 16일 수요일 ___ 발전이라면 발전

내가 연극 〈크리스마스캐럴A Christmas Carol〉의 시작 시간에 딱 맞춰 도착하자 H는 정말로 깜짝 놀란 것 같았다. 하긴 그동안 늘 퇴근 시간이 예상보다 늦어져 우리가 함께 보기로 약속했던 연극의 절반 정도는 놓치기가 다반사였으니까. 하지만 안타깝게도 극장 안에 들어가 자리를 잡고 앉자마자 나는 즉시 잠이 들고 말았다. 산부인과 병동에서만 여덟 번을 내리 야간 근무를 서고 나니, 내 머리에서 지금은 긴급사태라는 선언을 하고 전원을 내려버린 것이다.

H는 내 옆자리에 사람이 앉고 내가 꾸벅꾸벅 졸기 시작하자 나를 쿡쿡 찔렀다. 아마도 나는 내 생각과는 달리 실제로는 자면서 무슨 잠꼬대 같은 소리도 내고 그랬던 모양이다. 주변에 있는 다른 사람들의 살벌한 살의가 느껴지기 시

작하자, 우리는 더 이상 소란을 일으키지 않기 위해 막간을 틈타 그만 극장을 빠져나오고 말았다. 그래도 처음으로 연극 앞부분이 아니라 뒷부분을 못 보게 된 것이니, 그것도 나름 발전이라면 발전이었다.

2009년 12월 19일 토요일 ___ 충분한 설명

병원 근무를 하면서 이력서를 쓸 때 의사 외에 '다른 이력'을 쓰라면 나는 참 쓸 게 많다. 오늘은 사회복지사와 청소부 외에 법정의 판사 이력도 더할 수 있게 되었다. 환자 DG의 문제 때문에 조산원 조젯과 프루트 교수를 만나 따로 의논을 한 게 사건의 시작이었다. 프루트 교수는 오스트레일리아 출신으로 거의 잊을 만하면 산부인과 병동에 나타나 우리를 돕는 사람 좋은 컨설턴트다.

우선, 피고는 전치태반*과 질 분비물이 계속 분비되는 문

---

* 전치태반placenta praevia이란 태반이 너무 아래쪽에 자리를 잡아 출산을 방

제로 지난 3주 동안 출산 준비 병동에 입원해 있는 환자였다. 별다른 문제만 없다면 앞으로 5주 동안 환자에게는 어떤 극적인 상황도 벌어지지 않을 것이며, 그 무렵이면 태아도 충분히 자랄 수 있을 터였다. 그러면 우리는 충분히 준비된 상황에서 제왕절개 수술에 들어갈 수 있을 것이다. 병원에는 그녀를 위한 수혈용 혈액이 항상 네 개 이상 준비돼 있었다. 예상치 못한 상황이 발생해 서둘러 출산을 시도해야 할 때를 대비해서였다. 사실상 우리 피고는 위험한 불발탄과 함께 감방, 그러니까 병실에 얌전히 앉아 있는 거나 다름없었다.

원고에 해당하는 환자 TW는, 회진을 돌고 있던 나에게 피고가 침대 위에 '크리스마스카드 좌판'을 벌여놓고 '조악한 품질의 카드'를 만들어 '정체가 불분명한 불우이웃'을 돕는다는 명목으로 다른 환자들에게 강매하고 있다고 고발을 해왔다. "분명히 병원 측에서 허락한 건 아니잖아요. 안 그래요?" 원고의 진정이었다.

해할 수 있는 상황을 뜻한다. 심각한 경우, 태반이 아예 자궁 입구를 가로막아서 태아는 일종의 비상구를 통해 나올 수밖에 없다. 출혈이 심해질 수 있는 위험 때문에 전치태반에 해당되는 산모들은 종종 안전을 위해 병원에 입원해서 출산을 준비한다. 태아가 충분히 자라 출산이 가능해질 때까지 아무 일도 일어나지 않기를 바라기 때문이다.

거기에 대한 나의 반응은 별로 도움이 되지 못했고, 어쩌면 환자가 더 원했을지도 모를 무사안일주의로 인한 즉각적인 해고를 면한 나는 컨설턴트에게 보고하겠다고 약속을 할 수밖에 없었다.

솔직하게 말하자면, 그 카드들은 정말 봐줄 만한 것이 못 됐긴 했다. 아이가 학교에서 만들어왔지만 어디 집 안에 걸어두지 않고 곧장 쓰레기통으로 들어갈 만한 정도의 수준이었다.

하지만 원고의 진술 가운데 '정체가 불분명한 불우이웃'이라는 대목은 잘못 됐다. 카드 뒷면에 보면 누구를 위한 것인지 적혀 있었고, 피고는 병원에서 퇴원할 때 전달한다며 봉투 안에 그동안 카드를 팔아 모은 돈 30파운드를 전부 보관하고 있었다. 실제로 그녀가 정말 그렇게 할지 우리로서는 확신할 수 없었지만, 어쨌든 카드 판매가 이대로 계속된다고 해도 크게 골치 아픈 문제가 되리라고 생각하기는 어려웠다.

배심원들은 만장일치로 피고에게 모든 혐의에 대해 무죄 판결을 내렸다. 그녀는 크리스마스 기간에 병원에 갇혀 있는 셈이고, 시간만 나면 저 자궁 속 불발탄이 언제 터질지 모른다고 걱정을 할 테니, 차라리 다른 쪽으로 신경을 쓰고 있는 게 더 나은 일이라는 게 우리의 판단이었다.

판결이 끝나자 이야기는 또 다른 비슷한 환자 이야기로 흘러갔다. 프루트 교수는 수련의 시절 출산 준비 병동의 어느 여자 환자가 남자 환자들을 상대로 병실에서 손으로 자위를 도와준 일이 있었다고 말했다. 그것도 상당히 저렴한 가격으로.

"그래서 어떻게 했나요?" 조젯과 내가 동시에 이렇게 물었다.

"옆에 작은 방을 하나 마련해주려고 했지." 우리가 활짝 열린 대문처럼 입을 쩍 하고 벌리자 그는 이렇게 덧붙였다. "물론 오스트레일리아 시절 이야기야." 그게 과연 충분한 설명이라고 그는 생각한 걸까.

2009년 12월 20일 일요일 ___ 정말로 궁금해

친구들은 매년 크리스마스 무렵이 되면 모여서 술을 한잔 하곤 했다. 물론 나는 매년 참석하지는 못했다. 그러다 내가 참석하기라도 하면, 사실 그렇게 크게 놀라지는 않았지만, 그래도 5년 전쯤 불타 죽은 친구가 살아 돌아온 무슨 공포 영화를 보는 듯한 분위기이기는 했다.* 내가 당황할 정도로 모두가 나를 반기는 것이다. 갚을 돈이 있는 것도 아닌데. 그렇다면 드디어 내가 전해주는 욕지기나는 병원의 일화들이 막상 안 들으니 섭섭해지는 그런 분위기가 됐단 말인가?

아니, 전혀 그런 게 아니었다. 이제 다들 나이는 이십 대 후반으로 접어들었고 지금 신경 쓰는 건 각자의 직업과 관련된 문제밖에 없었다. 그리고 모두들 결혼과 출산을 준비할 때라 나로 말하자면 친구들에게는 중요한 상담역이었다. 친구들은 모두 한 줄로 늘어서서 내게 질문을 퍼부어댔

---

* 졸업을 할 때 의사 생활이 사회생활에 미칠 엄청난 영향에 대해 이야기 해준 사람은 아무도 없었다. 단순히 근무가 힘들고 고되거나 해서 문제가 있다는 건 아니다. 오후 5시쯤 돼 산부인과 병동의 누군가가 피를 흘리기 시작한다면 퇴근을 잠시 미루고 문제를 해결해야 한다. 나 말고 아무도 그 일을 맡을 사람이 없어서 몇 시간 정도 근무를 하게 된다면, 결국 약속 시간이 거의 다 돼 저녁 약속이나 술 약속에 갈 수 없다는 연락을 할 수밖에 없고 그런 일이 일상이 된다. 똑같은 사람과의 약속이 세 번쯤 취소가 되면 그때는 '공수표 날리는 친구'로 등극을 하고 아무도 불러주지 않는 신세가 된다. 사회적 관계의 범위가 바로 눈앞에서 무슨 기분 나쁜 마술처럼 확 줄어들게 되는 것이다.

다. "임신부는 전봇대 아래로 걸어가면 안 된다며? 그러면 배 속의 아이 탯줄이 엉키게 된다는데, 그거 맞아?" 이건 헛소리에 불과하다. "채식으로 모유 수유를 대신할 수 있는 뭐 그런 방법 없나?" 이건 또 뭔 소린지. 모유 수유야말로 이 세상에서 가장 자연스러운 일 아닌가? 그리고 유두에 문제만 없다면 어떤 동물도 모유를 먹어서 문제될 건 없다. 게다가 애초에 태아가 자궁 안에서 공급받는 영양분이 엄마의 혈액인데, 그때부터 이미 채식은 물 건너 간 거다.

잭은 나에게 5D 스캔에 대해 어떻게 생각하느냐고 물었다. 잭과 그의 아내는 '배 속 아기에 대한 5D 스캔을 개인 병원에 가서 해볼까 생각' 중인데, 거기에 돈을 들일 가치가 있느냐는 것이었다. 보통 의학적으로 '돈을 들일 가치가 있느냐'고 묻는 질문에 대한 나의 대답은 부정적이다. 물론 죽은 사람을 살려내는 시범적 시술 정도라면 이야기는 달라질 수도 있을 테지만. 어쨌든 이런 곤란한 질문들에 대해 나 나름대로 입바른 대답을 하는 걸 아무도 듣고 싶어 하지 않는 것 같았다. 그래서 그 대신 나는, 사실은 그런 문제에 대해서는 정확히 아는 바가 없다고 대답한다. 그렇다 하더라도 나로서는 개인 병원에서 어떻게 3D를 뛰어넘는 5D 스캔을 할 수 있는지 정말로 궁금하기는 하다.

2009년 12월 21일 월요일 ___ 우리의 역할

택배를 기다리거나 약속이 있어 집을 나설 때 현관문을 바라보는 것 같은 긴장된 표정으로 나는 내 호출기를 바라본다. 아무 연락도 오지 않는다. 오늘 하루 종일 호출기는 아무 소리도 내지 않았다. 분명 산부인과 병동이라는 곳은 생각만 해도 끔찍한 크리스마스 파티를 빠질 만한 핑계를 만들어줄 만한 곳인데. 분명 저녁 8시쯤이면 예상치 못한 긴급 상황을 내게 전해줄 수 있는 그런 곳인데.

'파티'라는 말은 때에 따라서는 대단히 다양하게 해석될 여지가 있다. 하지만 자선기금 모금 행사를 과연 파티라고 볼 수 있을까? 우리 병원에서 주최하는 이 연례행사는 근처에 있는 2성급 호텔 지하의 창문 하나 없는 우중충한 연회장에서 열린다. H는 이미 '절대로' 그런 행사에 나랑 짝을 맞춰 참석하지 않겠다고 선을 그어놓은 상태였다. 그래서 가게 되더라도 나 혼자서 가야 했지만 하늘이 나를 도운다면, 그러니까 하늘의 별과 천사들이 크리스마스를 준비하느라 너무 바쁘지만 않다면 산부인과 병동에 나를 머물게 해줄 수도 있었다.

하지만 애석하게도 나의 기도는 응답을 받지 못했다. 대부분의 사람들이 병원에서 아무 일도 일어나지 않기를 필사적으로 바란다는 점을 생각해보면, 그 반대로 긴급사태를 바라는 누군가의 간절한 기도가 있으면 하느님께서 좀 특별하게 봐주셨어야 하지 않나 하는 생각이 들기도 했다. 결국 나는 탈의실로 가서 간신히 준비해둔 '정장'으로 옷을 갈아입었다. 의과대학 시절부터 나와 함께하며 점점 몸에 끼기는 하지만 아직은 견딜 만한 검은색 정장에, 윗옷 단추만 잘 채워놓는다면 묻어 있는 얼룩을 감출 수 있는 하얀색 셔츠 등이었다. 또한 문제의 그 크리스마스 넥타이도 있었다. 이제 가장자리는 다 닳아 해어졌고 가련한 루돌프는 어디 가서 요양이라도 해야 할 것처럼 지쳐 보이는 넥타이였다. 이제는 배터리도 다 닳았겠지, 하는 마음으로 시험 삼아 루돌프 코를 눌러봤는데 일주일에 한 번은 바꿔줘야 하는 텔레비전 리모컨과는 달리 이 빌어먹을 넥타이 속 배터리는 5년이 지난 지금까지도 끈질기게 살아남아 있었다. 물론 이제는 거의 수명이 다 된 듯 나오는 소리가 〈징글벨〉 노래인지 다른 노래인지 한 번에 알아듣기 힘들었다. 더 낮고 더 느린, 마치 바닷속에서 나팔이라도 부는 것 같은 웅웅거리는 소리로만 들렸다. 나는 수술용 실을 자르는 가위를 집어 들고는 이 비참한 상황에서 루돌프 코를, 아니 〈징글벨〉을 안락사시키는 쪽을 택했다. 그렇지만 그게 끝은 아니었다. 의무적으로 참석해야 하는 행사가 여전히 나를 기다리고 있었다.

그 파티라는 건 아무리 곱씹어 생각해봐도 역시 끔찍하다. 물론 일단 가기만 하면 손님으로 맞아주기는 한다. 하지만 그렇게 맞아주는 건 요정 모자를 뒤집어썼음에도 불구하고 치과 치료를 기다리는 것 같은 굳은 얼굴 표정의 종업원들이다. 그리고 나오는 건 미지근한 싸구려 샴페인이다.

그 밖에 저녁 식사로 내 앞에 차려진 건 먼저 전채 요리로, 아마도 전생에 모차렐라 치즈였을 법한 무엇인가와 생기라고는 하나도 없이 병이라도 걸린 듯 흐느적거리는 슈퍼마켓 표 푸성귀였다. 아마도 내가 채식 전용으로 뭘 잘못 주문했는가 싶어 다시 가장 가까이 있는 요정 종업원을 불렀고, 결국 분명 '훨씬 더 나아보이는 것'으로 다시 부탁을 했다. 그렇게 다시 새로운 전채 요리부터 시작이 됐지만 별로 달라진 건 없었다. 후식으로 나온 떠먹는 초콜릿은 그야말로 똥물이나 다를 바 없어, 나는 나 말고 이걸 대신 해결해줄 개라도 한 마리 있나 싶어 사방을 둘러봤다.

다시 겉보기에는 커피를 연상시키는 차를 마시는 동안 우리는 30분가량 병원장의 인사말을 들었다. 지난달 그가 했던 노인들에 대한 다중약물치료법에 대한 강의보다도 더 재미가 없었다. 그리고 마침내 스코틀랜드풍의 음악과 춤이 이어졌다. 이유는 알 수 없지만 영국 북쪽에 있는 스코틀랜드가 영국 전역에 미치는 영향력은 이렇게 굉장하다.

별로 좋지 않았던 내 선입견과는 달리 막상 이렇게 와보니 비록 식사며 음악, 그리고 연설 등이 서로 완전히 조화를 이루지는 못했어도 꽤 재미있는 저녁 시간이었다. 나는 곧 병원의 의사와 간호사, 조산원 들과 어울렸고 병원에서와는 전혀 다른 이야기를 나눴다. 오늘 밤 그들은 완전히 다른 사람들 같았는데, 그건 단지 입고 있는 정장들 때문만은 아닌 것 같았다. 똑같은 사람이었지만 더 활기차고 더 재미있고 더 인간적이 돼 있었다. 대신 병원에 들어가면 각자의 역할에 따라 충실하게 역할극을 수행할 뿐이었던 것이다. 나는 그런 동료들을 전에는 인간적인 감정과 생기를 지닌 똑같은 사람으로 생각하지 않았다는 사실을 깨달았다. 병원에서 나 혼자만 인간다운 개성을 지닌 사람으로 생각했던 것에 대해 몹시 미안한 마음이 들었다. 특히나 바로 그런 잘못된 생각 때문에 나는 병원이라는 무대 위 역할극의 다른 배역들, 그러니까 환자며 정치가 역시 다 같은 인간이라는 사실을 잊고 있었던 것이다. 이런 것들이 나를 더욱 부끄럽게 만들었다.

"이런 시간을 좀 더 자주 가져야겠는데." 산부인과 병동의 간호사 중 한 사람과 잔을 부딪치며 이렇게 말했다. 진심으로 한 말이었지만 우린 둘 다 현실을 잘 알고 있었다. 우리에게는 시간이 없었다. 그리고 그걸 확인시켜주는 건 의료인이라는 우리의 역할이었다.

2009년 12월 23일 수요일 ___ 봉합은 제대로 할까

해마다 이맘때가 되면 병원은 임시로 고용된 의료진들로 넘쳐나게 된다. 산부인과 병동의 경우 너무 많은 새로운 인력이 투입되기 때문에 환자 입장에서는 어쩌면 제대로 경험이 있는 의사나 간호사를 만나지 못할 수도 있다. 이것은 곧 모든 걸 운에 맡기는 상황이 돼버린다는 말과도 같다. 내가 수많은 산모와 아기의 생명을 구하기 위해 두 사람 몫의 일을 하는 동안, 그저 얼렁뚱땅 일을 하며 크리스마스 연휴에 쓸 돈이나 최대한 벌자는 생각으로 자신의 경력을 부풀려서 온 그런 사람들이 혹시 있을지도 모른다. 아니면 그 반대로, 정말 어이가 없을 정도로 경험이 풍부한 산부인과 전문의*가 투입이 돼 나는 휴게실에서 차나 마시며 〈특종: 산타클로스, 과속으로 사람을 치어 사망하게 해〉나 〈전격 고백: 내 딸의 실체를 밝힌다!〉 같은 제목의 기사가 실린 엉터리 잡지나 읽으며 쉴 수 있게 될지도 모르고.

대리 근무자에게 일을 넘기고 저녁에 퇴근하는 시니어 인턴 헤더가 복도를 걸어가고 있는 한 사람을 살펴보며 내 옆구리를 쿡쿡 찔렀다. "이거 좋지 않은데요."

"뭐가?" 내가 물었다.

헤더는 임시 근무자 명찰을 달고 있는 남자를 가리켰다. "신발에 끈이 없고 찍찍이잖아요…… 그러니까 저 사람, 자기 신발 끈 하나 못 매는데 수술을 하면 봉합도 제대로 못하는 거 아닐까요?"

---

* 내가 묘사한 병원 풍경은 결코 과장이 아니다. 외국에서 온 의사들에 대한 영국 의료계의 대우, 그리고 그들이 영국 땅에서 제대로 된 일자리를 얻기 위해 기울여야만 하는 끝없는 노력에 대한 현실은 종종 이렇게 오해를 불러일으킬 수 있다. 그러면 잘해야 질투나 시기 정도로 끝날 수 있는 일이 최악의 경우 일종의 인종 차별로까지 번질 수 있는 것이다.

2009년 12월 25일 금요일 ___ 비밀 이야기

크리스마스 연휴 기간이라 그런지 근무가 점점 더 바빠지더니 실로 아수라장에 와 있는 것 같았다. 급기야 더 이상 견딜 수가 없어, 차라리 지금 크리스마스를 맞아 불지옥 같은 화덕 안에 들어가 있는 칠면조와 자리를 바꾸고 싶은 그런 시간이 돌아왔다.

그렇게 시간이 흘러 결국 크리스마스가 됐고, 나는 크리스마스 무렵에만 입는 그런 무늬의 스웨터를 덮어쓴 환자 GA를 보고 나서야 비로소 오늘이 무슨 날인지를 깨달았다. 마치 어두운 극장 안에 있다가 밖으로 나와 아직 낮인 걸 보고 깜짝 놀라거나, 30년 동안 의식불명 상태로 있다가 깨어난 것 같은 그런 기분이었다.

"어느 병원에서 근무하십니까?" 진료 기록에서 그녀의 직업이 소아과 간호사라는 사실을 확인하고 내가 이렇게 물었다. GA가 근무하는 병원은 내가 의과대학생 시절 인연이 닿았던 곳이라 우리 두 사람은 곧 그 정신 나간, 이른바 순환식 엘리베이터에 대해 이야기꽃을 피웠다.*

---

* 이 기상천외한 고물 엘리베이터는 일단 문이 없다. 예컨대 쇠사슬에 매달린 상자 여러 개가 계속 위에서 아래로 돌아가며 움직이고 있다고 생

환자 GA는 임신 28주에 접어들어 갑자기 복통을 느껴 어머니와 함께 병원을 찾아왔다. 나는 태아심장징후 검사를 시작했고 그 사이 그녀의 어머니는 전화를 걸기 위해 밖으로 나갔다. 아마도 내가 적어도 4시간 전에는 했어야 하는, 그러니까 집에 전화를 걸어 가족들에게 사정을 설명하고 크리스마스 안부를 전하는 통화를 하려는 것 같았다. 장래의 할머니가 사라지자 GA는 몸을 숙이고는, 마치 사실은 임신한 게 다 거짓말이라고 고백이라도 하는 것처럼 조용히 속삭이기 시작했다.

"사실은 7월에 이미 병원을 그만뒀거든요." 나는 놀라 눈을 치켜떴고 그녀는 이야기를 계속했다. "병원은 너무 바쁘고 늘 긴장된 상태로 있어야만 하는데다 또 너무 끔찍했

각하면 된다. 흡사 스키 리프트가 움직이는 방식과 비슷하다. 내가 있는 층에 이 엘리베이터가 도착하면 재빨리 올라타야 하고 또 원하는 층에서 역시 재빠르게 뛰어내려야 한다. 이걸 잘 못 맞추면 영원히 타지 못하거나 영원히 내리지 못하고 깜깜한 지하에서 건물 위 옥상까지 계속 빙빙 돌게 될 수도 있다. 그렇게 되면 자기도 모르게 다시 안전하게 내릴 수 있게 해달라고 "하늘에 계신 아버지……"라고 하며 〈주기도문〉이라도 외우게 될지도 모른다. 어쩌면 그런 이유 때문에 이 순환식 엘리베이터를 '주기도문Paternoster' 승강기라고 부르는 건지도 모르겠다.

요. 그만두고 나니 더 이상은 간호사 일을 못하겠더라고요. 하지만 부모님께 직접 말씀은 못 드리겠고……" 나는 그녀의 말을 전부 다 이해할 수 있었다. 부끄러움과 실패자라는 기분, 그리고 의무를 저버렸다는 부담감 등이 모두 뒤섞인 그런 감정이리라. 지금의 자신이 있기까지 자신을 위해 애써 힘을 써준 부모님을 크게 실망시켜드린 행동이 아닌가.

"꼭 그래서 임신을 한 건 아니지만……, 그래도 이제부터 어떻게 해야 할지 생각할 여유는 생겼으니까요……." 그녀는 익숙한 발걸음 소리에 귀를 쫑긋 세웠다. "출산을 하고 나면, 그냥 출산 휴가를 보내고 복직하지 않기로 했다고 부모님께 말씀드릴까 봐요."

그녀의 어머니가 다시 돌아와 식구들이 지금 뭘 하고 있는지, 브라이언이 지금 엄청난 교통 체증 때문에 M4 고속도로에서 오도 가도 못하고 있다는 등의 소식을 전했다. 우리 두 사람은 교실에서 떠들다가 선생님이 들어왔을 때처럼 동시에 입을 꼭 다물었다. 복통은 가라앉았고 태아의 심장도 아무 문제가 없었기 때문에 나는 그녀와 어머니를 집으로 돌려보냈다.

다섯 시간 뒤 나는 차를 몰고 퇴근을 했다. 원래 퇴근 시간보다 두 시간이나 늦은 퇴근이었고, 눈꺼풀은 사람을 홀려

등쳐먹는 이상한 유흥가에서 뭐라도 잘못 얻어먹은 것처럼 천근만근 내려앉았다. 정말이지 눈을 번쩍 뜨게 해줄 무슨 특효약이라도 있었으면 하는 마음이었다. 그래도 내 얼굴에 서는 웃음기가 그대로 남아 있었다. 오늘 나는 여섯 명의 건 강한 산모로부터 여섯 명의 건강한 아기들을 받아냈다. 의사 라는 직업을 통해 크리스마스는 물론 사회생활이나 가족 관 계 등 많은 것들을 잃었지만, 그래도 그만큼 많은 보답을 받 고 보람도 느낄 수 있었다. 나는 의사를 그만둔다면 부모님 께 뭐라고 말을 해야 할지 생각을 해봤다. 아마도 입이 열 개 라도 할 말은 없으리라. 그나저나 만일 의사를 그만둔다면 이제 크리스마스에도 부모님 집을 찾아가지 않는 것에 대해 서는 뭐라고 변명을 할 수 있을까? 군대라도 들어가야 하나?[*]

_____

[*] 훗날 의사를 그만두게 됐을 때 당장은 아니었고 두어 주일 후에 결국 부 모님께 말씀을 드렸다. 하지만 왜 의사를 그만뒀는지, 그러니까 의사라 는 직업을 더 이상 견딜 수가 없어 그만뒀다는 말은 하지 않았다. 나는 부모님께 의사를 그만둔 후 정말 잘 지내고 있으며, 이런 환경의 변화를 작가가 되는 꿈을 향해 나아갈 수 있는 촉매제로 삼았다는 인상을 심어 줬다. 부모님은 마치 내가 저 먼 우주로 나아가 우주의 먼지를 모아 뜨개 질을 시작하겠다는 선언이라도 한 것 같은 반응을 했다. 내가 왜 의사를 그만뒀는지에 대한 진짜 이유를 부모님이 아시게 된 건 그로부터 7년이 지나 내 첫 번째 책이 출간됐을 때.

2008년 12월 30일 수요일 ___ 아이 이름의 유래

"그래, 이름이 뭐지?" 내가 출산 준비 병동에 엄마를 따라온 열 살 먹은 아이에게 이렇게 물었다.

"코일Coyle이요." 아이가 대답했다.

"이름이 참 듣기 좋구나." 내가 이렇게 말했다. 아이들을 다루는 기술만은 여전히 내가 최고다. 그리고 다시 그룹 아바ABBA 중에서 누가 가장 좋은지, 또 크리스마스에 혹시 선물로 팽이를 받았는지 물어보려는 찰나였다.

"몸에 코일coil을 넣고 있었는데도 저 아이를 임신했거든요." 아이 엄마가 큰 소리로 이렇게 말했다. 여기서 말하는 코일이란 여성의 몸 안에 직접 삽입하는 피임용 기구를 뜻한다. 엄마의 불만 섞인 커다란 목소리는 어디 아프리카 코끼리도 한 번에 알아듣고 깜짝 놀랄 정도로 요란하게 산부인과 병동에 울려 퍼졌다.

2008년 12월 31일 목요일 ___ 최고의 화젯거리

나는 억지로 재미있는 척하는 걸 그리 좋아하지 않는다. 그 때문에 어쩌다 퇴근 시간과 맞아서 참석해야 하는 모임 같은 것이 있으면 언제나 그 자리를 빨리 떠날 궁리를 하곤 한다. 한 해를 보내는 마지막 날, 그것도 자정이 되기 전에 자리를 뜨는 건 그리 환영받을 만한 일은 못 되지만, 환자 CW의 출산이 임박해 누가 봐도 어쩔 수 없는 확실한 핑계를 만들어줬다. CW는 쌍둥이를 임신했는데 다음 주 제왕절개 수술이 예약돼 있었다. 그런데 이 쌍둥이들은 아무래도 2008년을 보내며 마시는 술잔을 다 비우기 전에 세상 구경을 하고 싶었던 모양이었다.

CW는 계속 숨을 들이마시고 내쉬기를 반복했지만 자궁 입구가 쉽게 넓혀지지 않았고, 나는 서두를 것 없다며 그녀를 달랬다. 어쨌든 때가 되면 제왕절개 수술을 하면 된다는 뜻이었다.

"그러니까 그때가 오늘 밤 안이라는 건가요?" 그녀의 남편이 물었다.

나는 그건 산부인과 병동 사정에 따라 약간 차이가 있을 수 있으며, 소아과와 마취과 전문의가 확실하게 투입될 수 있어야 한다고 설명했다. 그렇지만 오늘 상황을 보면 출산이 임박했을 때 산부인과 병동에 그리 미친 듯이 바쁜 일은 없을 거라고 덧붙였다. 남편은 마치 캠든 타운 지하철역 으슥한 곳에서 수상쩍은 물건이라도 팔 것 같은 은밀한 눈초리로 나를 바라보더니, 쌍둥이가 자정 무렵에 태어날 수도 있느냐고 물었다. 자정까지는 두어 시간 남아 있었고, 나는 그럴 수도 있을 거라고 대꾸했다. 그는 또다시 은밀하고 야릇한 표정을 지어보였다. 새해가 밝아오는 걸 기념해 자기 아이들을 무슨 제물로라도 바치려는 계획 같았다.

"그러니까…… 기술적으로 말이에요……" 남자가 다시 입을 열었다. "쌍둥이 중 하나는 자정 전에 태어나고, 또 바로 뒤에 나머지 하나가 태어나서, 그러니까 쌍둥이지만 1년 차이가 나게 태어날 수 있지 않겠습니까?"

남편은 아내의 동의를 구하듯 아내를 바라봤고, 아내는 정말 좋은 생각이라는 듯 고개를 끄덕였다. '그래, 그야말로 듣도 보도 못한 최고의 발상이다. 그런데 내가 어떻게 이런 일에서 빠질 수 있단 말인가? 어쩌면 의사라는 직업에 대한 보상일지도 모르겠다.' 나는 일반적인 자연의 순리를 초월하는 산부인과 전문의로 지역 신문에 소개되는 짜릿한 기대감에 결코 무덤덤할 수 없었다. 그거야말로 내가 정말로 바라던 명성에 가까워지는 일이었다. 나는 유치한 텔레비전 방송 등에 일반인들과 함께 출연해 유명해지는 일 같은 건 전혀 바라지 않았다. 정신 연령이 열두 살에 불과한 출연자들과 한 공간에서 웃고 떠들면서 유명해지길 바랐다면, 애초에 차라리 의사 말고 무슨 레크리에이션 지도 강사 같은 것이 되는 게 나았으리라.

그리고 생각해보니 부부의 뜻대로 안 될 것도 없었다. 쌍둥이의 상태는 완벽할 정도로 정상이었고 환자 CW의 상태역시 아무런 문제가 없었다. 그러니 나로서는 어떤 좋지 않은 결과를 예상하기는 어려웠다. 쌍둥이들에게도, 또 내 의사 면허에도 나쁠 것이 하나도 없는 일이었다. 성공한다면 그저 세계 역사에 남을 만한 최고의 화젯거리가 될 것이고, 태어난 쌍둥이들 역시 평생을 살아가며 쌍둥이면서 왜 태어난 해가 서로 다른지 설명하는 좋은 안줏거리를 하나 챙기는 것이었다.

나는 마취과와 수술실 담당 직원들에게 연락을 해 밤 11시 반쯤 환자 CW를 수술실로 옮길 수 있도록 했다. 척수 마취에 들어가기에 충분한 시간이었고, 그러면 나는 딱 제시간에 맞춰 쌍둥이들을 받아낼 수 있을 것 같았다. 원하는 대로 충분한 시간차를 만들면서 아기를 1분 안에 빨리 받아낼 수도 있고, 아니면 15분쯤 걸려 천천히 모든 가느다란 혈관들을 지혈하면서 피 한 방울 흘리지 않고 받아낼 수도 있었다.

드디어 수술이 시작됐다. 나는 벌써부터 기자들을 만났을 때 할 이야기를 생각했고, 어떤 모습으로 사진을 찍을지도 미리 다 결정해뒀다. '어느 쪽을 바라보고 사진을 찍으면 잘 나올까? 눈 밑에 거뭇거뭇한 부분을 따로 처리해달라고 할까, 아니면 '피곤에 지쳤지만 의사로서의 사명을 잊지 않은' 모습을 강조하기 위해 그냥 내버려둬야 할까?'

그렇지만 내가 한 가지 잊고 있던 사실이 있었다. 산부인과 병동에서는 계획대로 되는 일이 단 한 가지도 없다는 사실을 나는 깜빡 잊고 있었던 것이다. 왕립 산부인과 협회에서는 이런 사실을 분명 라틴어로 번역해서 전국의 모든 산부인과 병동 복도에 새겨둬야 할 것이다. 산부인과 병동에서는 근무 중에 화장실에 가거나 빵 한쪽 먹을 여유조차 장담할 수 없는데도 도대체 나는 왜 쌍둥이를 시간에 맞춰 받아내는 일이 성공할 거라고 확신했던 것일까. 출산 후 일어난 예기치 못한 산모의 출혈, 4호 병실의 흡반吸盤 문제, 그리고 소변을 보다가 발작을 일으켜 실신해버린 9호 병실의 산모 남자 친구……* 내가 쌍둥이들을 둘 다 받아냈을 때는 이미 시계는 새벽 1시 반을 가리키고 있었다.

'아마도 내년에도 계속해서 이렇게 의사 노릇을 하고 있겠지.' 점쟁이가 아니더라도 그 정도는 충분히 예상할 수 있을 것 같았다.

(그렇지만 그 예상은 빗나갔다. 이듬해 나는 나의 한계를 확인했고, 그 한계를 훨씬 넘어서는 수준으로 나 자신을 시험해봤다. 그리하여 크리스마스 무렵이 돼서 나는 일을 그만뒀던 것이다.)

---

* 소변을 보다가 발작을 일으켜 실신하는 건 남자들에게는 놀라울 정도로 흔한 일이며 보통은 크게 걱정할 일은 아니다. 많은 남자들이 이마에 움푹 파인 상처와 함께 욕실 바닥에서 깨어나 왜 바지는 훌렁 벗고 있는지, 그리고 왜 지갑과 자동차 열쇠가 옆에 있는지 어리둥절해한다. 발작과 실신 문제라면 이른바 성두통性頭痛에 대해서도 알아두는 것이 좋은데, 사랑을 나누다 절정의 순간에 끔찍한 두통이 들이닥치면 남자들은 그걸 무슨 다른 병으로 오해하는 경우가 많다.

그리고
마지막 크리스마스

TWAS THE NIGHTSHIFT BEFORE CHRISTMAS

다른 사람들이 크리스마스를 보내는 걸 보면 언제나 눈에 거슬리는 점이 있다. 나와 J는 번갈아가며 서로의 가족을 찾아 크리스마스를 보냈고, 그러면서 모든 것이 얼마나 엉망이었는지 서로 투덜거렸다.

J의 가족은 크리스마스 아침 식사에 샴페인과 오렌지 주스를 섞은 칵테일을 내놓는데, 그건 정말이지 정신 나간 짓이다. 우리가 지금 어디 밖에서 외식이라도 하고 있는 것이 아니지 않는가. 그리고 뒤이어 나오는 식사 역시, 이유는 모르겠는데, 한 끼 분량으로 포장된 여러 가지 종류의 시리얼이 나와서 J와 그의 형제자매들은 서로 좋아하는 걸 차지하

려고 아옹다옹한다. 모두 다 성인들인데도 말이다. 크리스마스 선물도 정말 가관이다. 밤에 매달아놓은 양말 안에는 멋지고 근사한 선물 하나가 들어 있는 것이 아니라, 뭔지 알 수 없는 싸구려 선물이 잔뜩 들어 있다. 게다가 그 선물 하나하나는 도무지 풀기도 어렵게 꽁꽁 싸매어져 있다. 그리고 무슨 이유 때문인지 모르겠지만, 사과와 귤이 들어 있다. 그런데 사과라니? 정말 이상하지 않은가. 양말 안에 들어 있는 사과를 처음 봤을 때 나는 어디서 말이라도 한 마리 나타나면 먹이로 주라는 뜻으로 해석했다. 그 상황에선 사실 정말 말이 나타난다고 해도 하나도 놀랄 것 같지 않았기 때문이다.

  J의 가족들은 예수 그리스도를 불러들여 푸성귀 요리라도 시킬 것 같은 그런 분위기로 둥글게 자리를 잡고 앉아 나이가 어린 순으로 한 번에 하나씩 선물 포장을 풀었다. 그리고 그 전체 과정은 아무리 다그쳐도 족히 세 시간은 넘게 걸렸다. 크리스마스 점심 식사는 다른 집이라면 저녁을 먹을 무렵에 시작이 됐고, 거창하게 전채 요리부터 차려져 나왔다. 아니 누가 점심에 전채 요리를 챙겨 먹는단 말인가. 배가 고프니까 빨리 내 몫의 감자나 차려달라고 소리치고 싶었다. 그나저나 브레드 소스bread sauce라고 내놓은 걸 보니, 톱

밥에 물을 섞은 것처럼 보였다. 이제 후식을 먹을 차례인데 이놈의 후식이 나올 기미를 보이지 않는다. 그러다 어느새 시간은 자정을 지나 12월 26일이 됐는데도 말이다. 그건 후식 전에 가족끼리 하는 퀴즈 놀이가 있었기 때문인데, 지난 2주 동안 J가 밤마다 열심히 궁리해서 만들어온 퀴즈였다.

다행히도 올해 크리스마스는 우리 집에서 보내게 됐다. 그러니 모든 것이 다 근사하고 정상적이며 적당하게 갖춰진 크리스마스였다. J는 여전히 고개를 갸우뚱거리며 왜 아무도 칠면조 구이를 각자의 접시에 덜어주는 동안 트롬본 독주 연주를 하지 않는지, 자기 집에서 하는 그 밖의 빌어먹을 짓거리들을 왜 볼 수 없는지에 대해 계속해서 불평을 늘어놓고 있었다.

나는 크리스마스가 어느 정도 자신만의 전통을 만들어낼 수 있는 기회라는 사실을 깨닫게 됐다. 따라서 우리 가족에게도 새로운 전통을 하나 만들어주기로 했다. 해마다 크리스마스가 되면 우리는 조카들에게 사랑받는 삼촌들이 되기 위해 애들이 가장 좋아할 만한, 그리고 애들 부모들이 치를 떠는 선물을 준비했다. 왜 치를 떨까? 예컨대 비행기가 지나가는 것처럼 엄청나게 시끄러운 소리를 내거나, 다루기가 복잡하고 지저분한 장난감들은 결국 집 안의 벽이며 마룻 바닥을 엉망으로 만들었다. 또 조립을 해야 하는 장난감의 경우는 부모들만 골머리를 썩게 만들었다. 그래서 치를 떠는 것이다. 하지만 올해만큼은 새로운 마음으로 '케이' 성을 쓰는 네 명의 어린 조카들에게 너무나도 사랑스러운, 그리고 그 크기가 2미터가 넘는 곰 인형을 각각 선물해줬다. 보통의 여섯 살배기들이 갖고 노는 인형보다 족히 열 배는 더 큰 인형이었다. 아이들은 당연히 보자마자 좋아서 어쩔 줄 몰라 했고, 그 부모들은 이 거대한 돌연변이 괴수를 둘 만한 공간이 집 안에 있는지, 아니면 차 안에라도 둬야 하는지 고민하기 시작했다. 그리고 물론 이런 짓을 저지른 나에 대한 암살 계획도 동시에 진행이 됐다.

여동생 소피는 지난밤 산부인과 병동*에서 야간 근무를 해서 '크리스마스 축하 아이스크림'을 먹는 시간에 딱 맞춰 침대에서 일어났다. 우리 집안의 크리스마스 축하 아이스크림은, 매년 엄마가 설탕에 조린 과일과 럼주로 만드는 완벽할 정도로 평범한 혼합물이다. 나는 동생이 근무하면서 일어났던 이야기를 할 때, 모든 일들에 하나하나 맞장구를 치

---

* 여동생이 산부인과 병동에서 일하는 걸로 봐서, 그녀는 내 책을 안 읽은 것 같다는 합리적인 의심이 든다.

며 들었다. 우선 제왕절개 수술이 있었고 그다음은 흡반 출산이 있었다. 그리고 제왕절개 수술 후 봉합 부위가 터진 산모, 또 크리스마스 자정 미사에서 기절해 응급실로 실려 온 여자가 있었다. 이 여자는 자기가 미사에서 기도를 너무 열심히 해서 그렇게 됐다고 주장했지만 담당 의사 말로는 기도보다는 술 마시는 일에 더 열중한 결과라고 했다. 내 남동생은 자신에게 할당된 지역 병원 근무시간을 채우기 위해 급히 나가봐야 했기에, 나는 위층으로 올라가 평소보다 조금 이른 시간에 완벽하게 평범한 오후 낮잠을 즐기기로 했다. 그래야 역시 또 다른 우리 집안의 완벽하게 평범한 크리스마스 전통인 자정 무렵 〈양들의 침묵Silence of the Lambs〉 시청을 할 수 있기 때문이었다.

J가 나를 따라 올라와 침대 위에 나랑 같이 누웠다. 그는 아무 말도 하지 않고 그저 한동안 물끄러미 나를 바라봤다. 그의 눈이 반짝이더니 이내 얼굴에 웃음이 번져나갔다.

"뭐?" 내가 물었다. "크리스마스 오후에 이렇게 함께 있어서 좋다는 거야?"

"아니, 그게 아니라…… 물론 좋기도 좋지만." J가 말했다. "병원으로 돌아가고 싶은 거 아니야?"

나는 몸을 일으켜 J를 바라봤다.

"소피랑 이야기할 때 표정을 봤어." J의 이야기가 이어졌다. "크리스마스에 집에도 못 오고 병원에서 일했던 시절을 그리워하는 것 같던데!"

나는 쓴웃음을 지으며 이렇게 대꾸했다. "절대 아니야!"

그렇지만 우리 둘 다 알고 있었다. 나는 정말로 그 시절이 그리웠다.

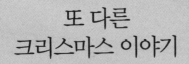

또 다른
크리스마스 이야기

TWAS THE NIGHTSHIFT BEFORE CHRISTMAS

내가 볼 때는 해마다 이맘때면 새로운 전통이 생길 여지가 있는 같다. 아니면 아예 오래된 전통 하나 정도는 밀어낼 수도 있지 않을까 싶다. 여왕 폐하께서 하나 마나 한 크리스마스 축하 인사를 전하는 걸 함께 보는 건 어떨까? 목젖까지 치밀어 오르는 죽을 것 같은 숙취에도 웃음을 잃지 않으려 애쓰는 친척들과 함께 이 세상 누구도 바라지 않는 크리스마스 다음 날 산책을 나가보는 건 또 어떨까? 크리스마스 푸딩을 달리 생각해보는 것도 좋겠다. 유일하게 먹을 만한 부분이라고는 행운을 빌며 함께 넣은 6펜스짜리 동전뿐인 이 크리스마스의 울퉁불퉁한 악몽을 불살라버리는 거다. 보통 브랜디에 적셔 불을 붙인 후 식탁에 차려지지만 거기에 브랜디를 더 듬뿍 부어서 아예 불살라버리자는 것이다. 그러면 다들 그 똥 덩어리를 먹지 않게 돼 기뻐할 텐데.

또한 나는 크리스마스만 되면 NHS에 소속된 50만 명에 달하는 직원들이 모두 병원에 매여 있어야 하며, 운 좋게 크리스마스 근무를 피한 직원들이라 할지라도 크리스마스 다음 날이나 그해의 마지막 날 근무까지 피할 수는 없다는 사실을 알릴 수 있는 방법을 찾아보자는 제안을 하고 싶다. 우리가 크리스마스에 차려진 음식들 중에서 뭘 더 먹어볼까, 연휴 기간에 살이 찌면 곤란한데, 같은 생각을 하고 있는 동안 의료 복지의 최전선 보이지 않는 곳에서 자신을 희생하고 있는 사람들을 기억하자는 것이다.

어쩌면 다들 한자리에 둘러앉아 덜 익은 새우 요리를 식중독을 불사하면서 한입 먹기 전에 고개 숙여 기도를 올릴 수도 있을 것이다. 솔직히 말해, 천지창조 첫 일주일만 일하는 척하고 그 뒤로는 인간들에게 해만 끼쳐온 하느님 아닌가. 그 하느님께 감사하는 기도가 아니라, 그 사람들이 아니었다면 이렇게 이 자리에 살아 있을 수도 없는 그런 사람들에게 감사하는 기도를 올리자는 거다. 다른 가족들이 잔뜩 먹고 마시고 늘어져 있는 동안 한밤중이 돼서야 겨우 집으로 돌아와 냉장고에서 남은 음식을 주워 먹는 그런 사람들 말이다.

만일 그런 사람들에게 우리의 감사하는 마음을 알릴 수 있다면 얼마나 좋을까. 'NHS 직원의 날' 같은 걸 제정하는 건 생각처럼 그리 어렵지 않을 것 같다. 특히 12월 25일을 '직원의 날'로 정한다면 어떨까. 자신을 담당하는 의사에게 카드를 보내보자. 가끔 들르는 병원이나 지금 입원하고 있는 병원의 직원들에게 보내도 좋다. 물론 병원의 의사들이나 직원들은 너무 많은 사람들을 만나기 때문에 바로는 기억하지 못해도 분명 카드를 보내준 사람들을 기억해줄 것이다. 그리고 그렇게 보낸 감사의 카드는 피곤하고 우울한 하루를 보람찬 날로 바꿔줄 수 있을 것이다.

만일 운이 좋아 적당한 건강 상태를 유지해 지금까지 NHS의 도움을 받을 기회가 없었다 하더라도, 자신의 그런 건강도 언젠가는 끝이 날 수 있음을 명심하자. 그러면서 자신이 누리는 이런 건강한 행운을 뭔가 다른 방식으로 세상과 나눌 수 있다는 사실을 기억하자. 어떤 식으로든 주변의 의료 관련 자선단체*에 도움을 주는 것은 어떨까. 헌혈을 하

---

* 나는 룰러바이 트러스트Lullaby Trust라는 곳의 홍보 대사인데, 룰러바이

거나 장기 기증 서약을 해볼 수도 있을 것이다.

지금 형편으로 남을 도울 수 있는 방법이나 여력이 전혀 없다 해도, 크리스마스를 집에서 보내지 못하는 병원 직원들을 위해 여전히 할 수 있는 일들이 있다. 크리스마스를 맞이해 음식을 먹든, 장난을 치든, 집 안 장식을 하든, 그것이 무엇이든 간에 내 몸에 해가 될 만한 일이 있다면 꼭 피해주기를 바란다. 그것도 단지 하루, 24시간이면 된다. 그렇게 병원에 갈 일만 피해주기만 해도, 크리스마스를 가족과 보낼 수 있는 사람들이 더 늘어날 수 있다는 걸 기억하자.

트러스트는 어린 자녀를 잃은 가족들을 후원하고 유아 사망 연구에 자금 지원을 하는 훌륭한 재단이다. 그 액수에 상관없이 어떤 작은 기부나 도움도 이런 재단들을 통해 실질적인 변화를 이끌어낼 수 있다.

우리를 울리고 웃기는
병원이라는 요지경 속 요절복통 사건들

의사들은 어떤 삶을 살고 있을까

좋지 않은 병에 걸려 한동안 입원을 했었고, 퇴원 후에도 1년이 넘도록 종합병원을 드나들며 통원 치료를 받고 약을 처방받았던 때가 있었다.

정기적으로 병원에 갈 때마다 얼마나 우울하고 싫었던지, '세상에서 제일 불쾌하고 비루하고 보기 싫은 사람들이 모이는 곳이 병원'이라고 일기장에 끼적였던 기억이 난다. 적어도 어린 시절의 나에게 있어 병원은 입구부터 어떤 우울한 기분 같은 것이 느껴지는 곳이었다. 그 안에 있는 사람들도 아픈 사람은 아픈 사람대로, 보호자는 보호자대로 그냥 보는 것만으로도 기운이 빠지게 만드는 모습이었다.

그때보다 세월이 무척이나 많이 흐른 지금, 그때 다녔던 병원을 가끔 가보게 되는데, 수없이 개보수를 하고 직원들을 늘리고 설비 역시 바꾸어 새로워졌지만 병원이라는 곳은 결코, 어떤 경우에도 편안한 곳이 될 수 없는 것 같다. 사방을 둘러봐도 사람들의 표정은 피곤과 염려, 우울함으로 가득 차 있다.

그런 병원에서, 가장 전지전능하며 어떤 때는 신과 비슷하게 보이는 의사들은 과연 어떤 삶을 살고 있을까. 한국 의사의 이야기가 아닌 영국 의사의 이야기지만, 이 책은 내가 앞서 언급했던 여러 복잡한 생각과 상념보다는 인간다운 웃음과 감동을 주고 있었다.

우리 시대의 《비밀 일기》

비록 한국은 아니지만 영국 의료계의 현실을 진지하게 바라보려는 작업을 전작이자 처녀작인 《하마터면 의사로 살 뻔 했네This is Going to Hurt》를 통해 시도를 했기에, 저자인 애덤 케이의 이 두 번째 책을 우리는 훨씬 더 가벼운 마음으로 집어들 수 있을 것이다.

이 책의 저자 애덤 케이는 의사를 그만두고 코미디언과

작가의 길을 걷는 특이한 이력의 소유자다. 1980년생인 그는 아버지가 의사였기 때문에 선택의 여지가 없이 의사가 될 수밖에 없었다고 고백하며, 의과대학 시절부터 넘치는 끼를 주체하지 못해 이런저런 연예 활동을 병행하다 결국 원하는 꿈을 찾기 위해 자신의 직업을 포기했다고 한다. 인터넷을 찾아보니 코미디언으로 공연도 하고, 대중음악도 만들며, 방송국 코미디 프로그램 대본도 쓰고 있었다. 또 이렇게 책도 쓰는 등 의사 시절보다 훨씬 더 분주하게 살고 있었다. 그의 처녀작《하마터면 의사로 살 뻔 했네》는 영국에서만 100만부가 넘게 팔렸다고 하며, BBC 방송국에서는 8부작 코미디 드라마로 만들어 방송할 예정이라고 한다.

번역을 하며 자꾸 어떤 기시감 같은 걸 느꼈는데, 한참 생각한 끝에 80년대 수많은 한국 청소년들을 울리고 웃겼던 수 타운센드Sue Townsend의《비밀일기The Secret Diary of Adrian Mole》가 떠올랐다. 나만 그런 줄 알았는데 저자의 인스타그램을 보니 이미 영국 언론에서도 '우리 시대의《비밀일기》'라는 내용으로 서평이 소개되고 있었다. 또한 개인적으로도 저자가 이 책을 쓰면서《비밀일기》의 영향을 많이 받았을 거라는 짐작을 해본다.

돌이켜 보면《비밀일기》에도 애덤 케이의 전공인 산부인

과를 포함해 병원과 의료 복지 제도, 노인 문제 이야기가 참 많이 나온다. 혹시 기억이 나는 독자들이 있다면 한번 비교해서 보는 것도 독서의 또 다른 재미가 될 수 있을 것 같다.

병원이라는 요지경 속 요절복통 사건들

이 책은 애덤 케이의 의사 생활 중에서도 특히 크리스마스 연휴와 연말연시를 배경으로 일기처럼 적어나간 글이다. 대부분의 사람들이 1년에 한 번 돌아오는 이 기간을 가족과 함께 즐겁고 따뜻하게 보낼 때, 기네스북에 오를지도 모른다는 생각이 들 정도로 기가 막히게 크리스마스만 되면 당직 근무에 당첨돼 일을 하며 벌어진 사건들에 대한 기록이다. 배경이 그런 만큼 평소의 근무와는 다른 재미와 감동, 그리고 서글픈 에피소드들이 이어진다.

의료 제도나 복지 제도의 허점 비슷한 걸 이용해 연말 연휴 기간 동안 집안의 노약자나 몸이 불편한 식구를 없는 병도 억지로 만들어서 며칠 동안 병원에 입원시킨다는 대목에서는 나도 모르게 눈을 크게 치켜뜨고 말았다. 이런저런 차이는 있겠지만 저런 식의 입원도 그 비용을 전액 국가가 부담한다고 생각하니, 한국의 복지 사각 지대에서 요즘 문제가 되는 노년층의 고독사 기사가 자연스럽게 떠오르며 뭔지 모를 복잡한 심경이 되기도 했다.

이런저런 서글픈 사연들의 앞뒤로 배치된 병원이라는 요지경 속 요절복통 사건들에 대해서는 다 함께 즐겁게 웃을 수 있을 것이다. 산부인과인 만큼 성性 문제와 관련된 이야기들도 넘쳐나지만 과하지 않은 정도의 수준이다. 번역을 하면서 저자의 의도를 잘 전달하고 재미있게 받아들여질 수 있도록 꽤 애를 썼다.

진정한 용기란 무엇인가

일전에 치과의사이면서 가수의 꿈을 잊지 못하고 정식으로 가수가 되기 위해 애쓰는 어느 여의사에 대한 방송을 본 적이 있다. 그 의사는 결국 자신의 직업까지 내던지지는 못했다. 아마 자기만 아는 이런저런 사정이 분명이 있었으리라.

책을 번역하고 저자에 대한 정보를 찾아보면서 뜬금없이 '용기'라는 키워드가 계속 떠올랐다. 진정한 용기인지 아니면 만용인지는 알 수 없지만, 어쨌든 저자는 가족과의 불화를 무릅쓰고 의사라는 직업을 내던지는 용기를 냈다. 내부 고발자라고 하면 거창하겠지만, 아무리 영국이라고 하더라도 민감한 의료 분야에 대해, 그것도 자신이 몸담고 있던 조직의 이야기를 이 정도로 털어놓을 수 있는 것도 대단한 용기가 아닐까 싶다. 사실은 병원이라는 배경 자체가 언제나 용기를 필요로 하는 곳일지도 모르겠다. 환자도 보호자도 어떤 선택에 직면해서 한 번도 생각해보지 못했던 용기가 필요할 것이고, 의사 역시 정말로 피하고 싶은 일이지만 이를 악물고 해내야 하는 용기가 필요할 것이다. 어쩌면 우리가 계속 이렇게 살아가고 있는 것도 용기가 없으면 불가능한 일일지도 모른다. 심상하게 흘러가는 시간이지만, 크리스마스와 연말연시를 보내고 또 새로운 한 해를 마음을 다잡고 맞이하는 그런 용기 말이다.

마지막으로 저자인 애덤 케이에게 한마디 하며 끝을 맺을까 한다.

애덤 씨! 앞으로 너무 무리하지 마시고, 계속해서 재미있는 이야기 부탁드려요. 그리고 그렇게 현란한 비유를 들어 설명을 안 해도 무슨 말을 하려는지 다 알아들을 수 있으니 너무 애쓰지 마시길. 우리 번역가들도 '보조 하인' 등급의 병원 인턴 정도로 여겨주시고 앞으로는 책을 좀 쉬운 문체로 부탁드려요! 당신 책은 영국에서만 팔리는 게 아니거든요! 이렇게 한국에서도 당신의 책을 소개하고 있잖아요.

옮긴이 **우진하**

성균관대학교 번역 테솔 대학원에서 번역학 석사 학위를 취득했다. 한성 디지털대학교 실용외국어학과 외래 교수를 역임했으며, 현재는 출판 번역 에이전시 베네트랜스에서 전속 번역가로 활동 중이다. 옮긴 책으로는《노동, 성, 권력》《구스타프 소나타》《라이트 위 로스트》《빌리지 이펙트》《성난 군중으로부터 멀리》《동물농장—내 인생을 위한 세계문학 5》《고대 그리스의 영웅들》《내가 너의 친구가 돼줄게》《크리에이티브란 무엇인가》《탁월함은 어떻게 만들어지는가》《아들은 원래 그렇게 태어났다》《해결사가 필요해》《세상은 왜 존재하는가》《성의 죽음》등이 있다.

응급실의 크리스마스

1판 1쇄 인쇄 | 2019년 12월　1일
1판 1쇄 발행 | 2019년 12월 11일

지은이 | 애덤 케이
옮긴이 | 우진하

펴낸이 | 임지현
펴낸곳 | (주)문학사상
주소 | 경기도 파주시 회동길 363-8, 201호(10881)

등록 | 1973년 3월 21일 제1-137호
전화 | 031)946-8503
팩스 | 031)955-9912
홈페이지 | www.munsa.co.kr
이메일 | munsa@munsa.co.kr

ISBN 978-89-7012-581-7 (03840)

이 도서의 국립중앙도서관 출판예정도서목록(CIP)은 서지정보유통지원시스템 홈페이지(http://seoji.nl.go.kr)와 국가자료공동목록시스템(http://www.nl.go.kr/kolisnet)에서 이용하실 수 있습니다. (CIP제어번호 : CIP2019048278)